今日のわたし

大橋歩

PHP

まえがき

年をとってつまらないと思うこともある。
年をとって寂しいと思うこともきっとある。
年をとって哀しいと思うこともたぶんある。
年をとってせつないと思うことだってないことはない。

年をとると楽しいことに限度があると思うのです。体がついていかないから自分でセーブしなくちゃいけないこともあるし、そんなつもりがなくても年とってるくせにとか年寄りは邪魔とかいわれるし、面白いと思うことも少なくなった気がするし。
前に本の編集者の若い人が、私の新刊本の新聞広告用のキャッチコピーに、〔五十九歳のいまでもおしゃれに夢中（私五十九歳だった）〕と書いたけどチェックしてくれといってきました。そのコピーを読んで、あまりのことに体中がずずーんと地中に引きずり込まれるような感じがしました。しばらく体が硬直していました。オーバーに思

われるかも知れないけど、体温が下がったのに頭だけ熱があるような感じでした。「五十九歳のいまでもおしゃれに夢中」は五十九歳になったらおしゃれに夢中は不自然ということなんですかね。それともおかしいとか。普通じゃないとか。

どっちにしろ五十九歳でおしゃれは「いまでも」がキャッチに入るほど若い人には特別に見えるということなのですか。そして五十九歳以上の人、いえ五十八歳も同じと思うけど、おしゃれに夢中は変ということになるみたいじゃないの。

私は決して特別なことではないと思っていますから、むしろもっと積極的になるほうがいいと思っているのですから、こんなキャッチコピーを新聞に載せられては大変困ります。なんとか直してもらわなければ。気を取り直して、担当者に電話を入れました。「このコピーだと五十九歳はおしゃれに夢中になっちゃいけないみたいにとれるから、別のコピーに直してください」といいましたら、理解できないという感じでしたから、「若くなってもおしゃれをするのは普通なのよ」といったのです。

それに対して、おしゃれに夢中になるのは若い人だけのことで、年輩は地味で目立たない格好をするものなのに、大橋さんは五十九歳になってもおしゃれに関心が強く、とてもすばらしくすてきなので、このコピーができたのです、何故コピーにクレーム

をつけるのかわかんないという感じでした。

そういわれたら一層私はめげてしまいました。親と子ぐらい（その人のお母さまは私より年下かも知れない）年齢が違えば、若い人には私ぐらい年上のことは分からないでしょう。まあ私だってその人の年齢だったら同じように思ったかも知れません。

五十九歳でも六十五歳でも七十九歳でも、おしゃれすることは心躍ることで大事、といくら若い人にいっても、理解できない。あたりまえといえばあたりまえのことです。若い人は若いしかやっていませんから。年とったことがないんですから。

なんとか私の意見を聞き入れてもらって書き直してもらうことになりました。

〈おしゃれに夢中な、五十九年の自分史〉となりました。それを見た私の開口一番は、なにがなんでも五十九にこだわるんだねえ、でしたの。きっとキャッチコピーにリアル感が欲しかったのかも。それは正しいことです。

でも私は「あのねえ、五十九歳を嫌だなんて思っていないのよ。だって一生懸命生きてきた年月ですもの。年齢を公表しなかったり、偽ったりするのは、自分を否定することになるんじゃないかと私は考えているから。私は昔から自分の年にだけは誠実だったの。だから五十九が嫌だなんていってはいないけど、なんかねえ」とジクジク。

あとで、あの時すっきりしなかったのは五十九歳を売りにはしたくなかったからなんだと思ったのでした。

年をとるのはなさけないのです。こんなことがあると、どんどん自分がみすぼらしくなっていくのですもの。ジクジクいいながらなにか一層みじめでした。

でもでも、私は若いころにもどりたいなんて、絶対思いません。やり直しができるなら若い時代にもどりたいなんて、まったく思いません。「えーっ年輩の人もおしゃれに興味があるんですか？」と年輩にいえる若さにもどりたくありません。

寂しくても、哀しくても、つらくても、せつなくても私は年をとった今の自分がいい。でもまあどの年輩の人も同じだとは思いませんが。

友達の一人は「二十代や三十代にはもどりたくないけど、四十代ならもどりたいなあ」といいます。どういうことでだろう？　けげんな顔をしている私を無視して、目を宙にむけて「四十代ならもどってみたい」ときっぱりいいました。私は自分の四十代を思い出せるだけ思い出してみました。私は絶対もどりたくない！　私は今度の誕生日に六十歳になる。五十九歳の次は六十歳。あたりまえです。あたりまえに年を重ねて、あたりまえに寂しくなっていくのでいい、と思うのです。（二〇〇〇年四月某日）

今日のわたし　目次

3　なにがなくても

4 だれだって

5 いつの間にか

6　だったら、やっぱり

あとがき

ブックデザイン　野村高志＋KACHIDOKI

1　いいのかしら？

気分よく生きるための大事はこれしかない

この前、久しぶりに会った知人のすてきだったこと。

まず、やせている。でも体質っていうのじゃないのです。なんていうかちゃんと努力が感じられた。お腹まわりも腕もきりっとしまっている。すてきと思ったから、聞いてみたのです。体型を維持することやってるの？　って。

泳ぐのが好きだから、プールに通ってる。好きじゃないことは続かないでしょ。と、まともな返答でした。それから、グルメはやめたの、食べるのが好きな友達と楽しんでいたら、たーいへーんなことになったのよ、おいしいものを食べ過ぎたらだれだって太るわよって。たーいへーんなことになったっていうことは太ったということね。でどうやってやせたの？　と聞いたら、玄米食、徹底して玄米食よ。おいしい？　と聞かれるとおいしいよって答えていたけど、おいしいから食べていたわけじゃないからねえって。つらかったって。もう二度と嫌だって。

知人の細めのパンツ姿のうつくしいこと。もちろんタンクトップで見えてるところもきりっとしてたし、隠れているところもきりっとしまっていそう。

ふさふさの髪、しわはあるけどぴかぴかの肌。どこもかしこもちゃーんと努力が重なっているのが分かる。それがすてき。

この年になると、自堕落な生活してるのにうつくしい人には魅力を感じません。そういううつくしさにはなにやら緩さがあって、すてきとは思えない私です（きっと私が女だから）。

で、知人のバッグはエルメスなのでした。私、エルメスぐらいは知っています。高級ブランドの服については分かりませんが、たぶん服もその手の高級ブランドものにちがいありません。もちろん靴も。

高級ブランドものは、すてきを努力で保てる自分を知っている知人のような大人にふさわしいと、しみじみ思いました。

そういう大人は日本には少ないんです。六十歳以上の女性で、どきどきするようなすてきな人は少ない。

すてきってルックスによる。絶対見かけ。どんなに頭がよくても人柄がよくても、

努力なしでは
すてきになれない。
まあすてきな人。お友達になりたいなあ。
このへんに本屋はありますて？
どーんなにおしゃれしてもねえ。
（化けてもしっぽを出してる狐みたいよ）
背を伸ばして、さっそうと歩く。ぐっとすてきに見える。
伸びたから白髪がばっちり見えちゃってる。
泳ぎの先生がいってた。真面目にレッスンすればたるんだ腕もしまるよって。

忙しくて美容院に
行ってられなかった私。

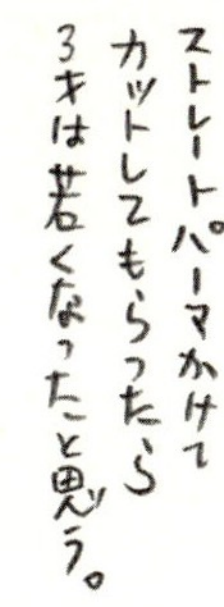
ストレートパーマかけて
カットしてもらったら
3才は若くなったと思う。

かくさなければ年がバレル部分。

男だって、年とったら
裸は人に見せられないのよ。
オレシャワー
あびてくるぞ!

オイオイオイ
そんな恰好で、
パーティに行くの?
年とったら
場所に合った
服着てよ。
行ってき
まーす。

そんなの見えないじゃありませんか。

近ごろ女性の代議士が増えましたねえ。あの方達そのことをよく分かっていらっしゃる。おしゃれに神経つかっているもの。みなさんのセンスをいいとはいいません。でもとにかく分かっていて努力してると思う。

あのね、五十代にもなって裸の写真集を出す女優さんは特別で、普通の女性は裸で勝負なんてできません。たとえやせていても見せられるものではない。これが六十代になるとどちらもこちらもただただ隠さねばとなる。

そうなのです。年とっても服があるのです。服で肘(ひじ)だって膝(ひざ)だって隠せるのです。いい感じは服選びによるのです。

といっても私はなんの努力もしていません。玄米食も長続きしないし、泳ぎだってやめちゃった。体中が醜く緩い。それにエルメスなんて持っていないし買えないし。

でもね、今よりましになるには着るもの選びが大切ということに気づくことだから、今日から私変わるわ、ぜったい。

長く連れ添うコツは味覚の理解しかないね

近場のおいしいレストランが閉店してしまったので、疲れて帰っても食事の用意をせねばなりません。八時に帰宅すると、食べるのは九時近くになってしまいます。幸い夫はそのことに文句をいいませんから、こちらも愚痴(ぐち)ったりはできません。

とにかく早くつくれるものを考えます。魚を焼く、ほうれん草を茹(ゆ)でる、小さな土鍋に水と豆腐を入れて火にかける、薄切りのきゅうりを塩揉(しおも)みして絞ってじゃことしょうがの千切りをまぜる。焼き魚とほうれん草の胡麻(ごま)あえと湯豆腐ときゅうりとじゃこの酢のものができました。朝炊いたご飯でいただきます！

近ごろそういうのに慣れました。早くに食事の用意ができるようになりました。ギブアップしたい日もありますが、なんとかやっています。食べる段になると家のご飯がおいしいと幸せな気持ちになりますから、うちはこれでいいのだと思うのです。夫もおいしいおいしいといって食べてくれるので、なによりです。

貧しい子と貧しくない子。
しかたのないことだったから、
貧しい子は堪えたのだった。

おいもさんの入ったご飯が
大嫌いな私。「またあ」と
いうと「嫌いやったら食べんとき」
といわれた。

あの時代他に食べる
ものはなかったからねえ。

遠足がうれしいわけは。
リュックの中に
お菓子が入ってる。

親せきの人が
おみやげにくれたバナナ。
初めてだったので、
ちょっとこわかった。

中学になっても
お弁当をフタでかくして
食べてる子もいた。
中味を見せられ
なかったんだ
と思う。

こう書くと、できた夫だと思われるでしょうね。彼は私と同じ一九四〇年生まれですから、食べ物はおいしくいただければ結構なこととインプットされています。文句をいったことがありません。ただ彼の味覚はかなり片寄っているものもあります。例えば海苔が大好きで、放っておくとトマトソースのスパゲッティにもかけてしまいかねません。今日はたらこのスパゲッティじゃないんだから、だめといっても、おれ好きなんだけどだめかなあとぐずぐずいうのです。

刺身は鯛であれ鰹であれなんでも海苔手巻きにしたがります。この前は、おいしい小鯛の笹漬けも海苔手巻きにしていました。さすがに、それ微妙なおいしさだからそのまま食べたほうがいいんじゃないの？　といってしまいました。そしたら、おれの食べたいようにして食べるって。

まあそういうタイプですから、料理は苦手です。だから私がつくるのをいつまでも待てるのです。年のわりにはパン食でも大丈夫です。外国に行ってもご飯に味噌汁に魚の焼いたのが食べたいなんていいません。出てきたものをおいしく食べます。

彼も私も戦後の超食料不足の時代に育ちました。彼は巡査の子供で、姉弟は四人、上から二番目です。お母さんは大変だっただろうと思います。巡査さんて薄給だった

らしいから。

疎開先の親戚の家で食卓の上のめいめいに盛られたおかずを、多そうな人のと取り替えて、大目玉をくった話を聞きました。今は夫の皿のは多めにしますが、その度にその話を思い出します。

そして彼はおいしいものを最後に食べます。私も昔はそうしていたかも知れませんが、ある時、おいしいもののはずなのにお腹が一杯のせいでおいしくないことに気づきました。それでおいしいものは先に食べることにしたのです。だから夫に先に食べたほうがおいしく食べられると教えるのですが、夫は好きにさせてくれ、といいます。育った環境で身についた習慣は意識を持たないと直せません。

同じ時代に育った者どうしは、味覚もあまり変わらず、そういうことも一応見過ごせます。それで長年連れ添ってこれたのかも知れません。

お父さんの分、残して
おかなきゃね。
夫のお母さんは
やりくりに大変だったらしい。

スパゲティにのりをかける
夫の感覚は　ざるそば。

ごはん時はしゃべり時！

食事中に夫といろんなことを話します。相談事や一日の出来事、思っていることや感じたことなど、どんどん話します。「長いこと夫婦をやっていると、話すことなんかないものよねえ」と同意を求めてくる人がいるけれど、うちは毎日ちゃんと話すことがあるし、話しているから、そういわれると返答に困ってしまう。

そう思っている人に「うちはそうじゃない」というと（こういうことは特に）不愉快な顔をされることが多かったので、「そうお？」ぐらいの曖昧（あいまい）な言葉でその場をにごしてきました。だって期待を裏切るのは悪いんだもの。

で、どんな話をしているのかというと、例えばこの前の朝食の時は、カップに残ったミルクティーを飲みながら夫が、

「新聞で読んだんだけど。あるジャズミュージシャンが、舞台に上がったら客席ががらがらだったんだって。メンバーはすっかりやる気をなくしていたので、ほら、柱の

影に熱心なファンがいるじゃないか、といって演奏を始めたんだって」。

きっといい演奏ができたんだろうなと思いながら、

「私ら（夫は彫刻家です）もそう思わないとやっていけないよねえ、いい話だねえ」

としみじみした気持ちでいいましたら、夫の目がうるんでいるのでした。彼は見かけがごついのに、私より感激屋で純粋なところがあるのです。

翌朝、新しいCDが四枚テーブルの上に乗っています。

「これどうしたの？」

と聞くと、

「ほら昨日話したミュージシャンのCD。ねえあれ（スウェーデン製のオーディオ）にこれ入れてくれない？（CDを入れる扉は手をかざすと開けられるけど、夫は知らない）」。

柱の影に熱心なファンがいる演奏を、夫はぜひとも聞いてみたかったのだと思うのです。でもその朝はとてもあわただしかったので、私は聞けませんでした。だからその演奏の感想の話はまだしていません。夫は通勤の車で聞くために持っていってしまいましたし。週末に借りて聞いてみたいと思っています。

朝、夕ごはんのおかずを
一品つくっておくのです。
帰ってからあわてなくて
すむように。
あっ!もうこんな時間。
あわてて仕事場を出るのです。
スーパーマーケットに寄って
買いものして… ああくたびれた…
ごめんねごめんね
今つくるから。
テレビなんか見ながら
食べられたんじゃかなわない
と思う私です。
こうやって頑張って
つくる夕ごはんだもの。

まともに向き合うなんて
食事の時ぐらい。
だからいろいろ話す。

1人の時は私も夫も
テレビ見ながら
食べるんだけどね。

うちの場合、夫婦の会話が情報交換になることも多いのです。たまたま昼間働いている環境が違うこともあるので、出来事もニュースも違う。また、例えば新聞も雑誌も夫と私とでは読み方が違う。意識して情報を交換しているわけではありませんけど、面白いことや感激したことはだれかに話したいじゃないですか。だから夫婦の日常会話が成立しているってことなのだと思う。

うちでは食事中は新聞を読まない、テレビを観ないと決めていますけど、これは子育ての時代に、行儀のつもりでしていたことでした。その息子はとっくに家から出ていきましたけど、おいしく食事をするために夫婦二人の食卓でも守ってきました。というか、私が強要してきました。だって努力しておいしいものをつくるのだから、ちゃんと味わって欲しいと思うもの。で、新聞もテレビも食事中はだめ、がルールであれば、後は話することしかなかった。それでうちでは夫婦で話すことが習慣になっているんだと思う。

そうなのよ！　せっかく向き合って座るのですから、夫婦の意思疎通のチャンス！　なーんて、他人に押し付けるのはいけませんね。夫婦は会話がないものと思っている人は、それはそれです（……）。

年をとったら派手な服

車で移動していると、交通標語をよく見ます。たいがい「止まってる車の陰には人がいる」「ちょっとした気のゆるみがまねく交通事故」「このぐらいならですまないよ、酒酔い運転」「起こしてからでは取り返せない普通の人生」なあんていう（みんな私が今考えました）ようなものです。

この前千葉県館山市で見た標語（これは本当）は、運転者に対してじゃなく、道を歩く人のでした。それがねえ、「派手な服着てふせぐ事故と老化」だったのです。思わず「ああっ」と声をあげてしまいました。運転していた夫が「どうした？」と不安そうなので、「さっきの所に、派手な服着てふせぐ事故と老化って書いてあったんだ。すごい標語だよねえ」とためいきまじりでいいましたら「ハハハハ、すごい正しい」というのでした。

まあね、派手な色の服を着ていたら、目立つことは目立つ。運転者は見過ごせない

老化をふせぐ
派手な服装かあー。

目立つし、自分は満足
かも知れないけど、
人から見て　ここちよく
ない派手さもあります。

夜は光に反射する
素材をほどこした衣服や
バッグ、アクセサリーが、老人用に
あってもいいのかなあ。

昔の人は高齢になるほど
地味な色や柄の着物を
着た。

'66年にニューヨークに行って、
なにが驚いたかというと、
派手できれいな色の服を
着ているのは老女ばっかり。

白髪だとね、どんな派手な
色着ても、若くは見えない。

これぐらいのきれいな色なら
髪を染めても後ろからきた
男が嫌味をいわないと思うよ。

です。老人の事故は半減するかも。

だから正しいといえます。だけどそういう意味で派手な色の服を着るのは、初老の身の私として、どうも素直になれないのですよ。なんかすみませんねえ、年寄りなもんで、ご迷惑かけます、って感じじゃないですか。

最近私は真っ赤なジャケットを買いました。着るとうきうきします。不思議です。鏡に映さないと赤いジャケットを着ている自分は見えないのにです。袖や胸から下の赤いジャケットをながめて、今日は私は赤いジャケットを着ていると確認できるだけ。でも赤いジャケットを着ていると思うだけで、うきうきするのです。あれはなんですかねえ。

この前「LEE」という、二十代から三十過ぎの女性向けの雑誌の取材で、台湾へ行きましたの。その号が出ました。私いつも写真うつりがいい（編集者がいい写真を苦労して選んでくださっているから）のです。今回も実物よりぐんとよかった。中でも赤の地にピンクの水玉のレーヨンのブラウスを着ている写真は、私とは思えないほどいい感じ。ぜったい色に盛り上げてもらっていると思うのです。

たぶんあのブラウスがいい感じに見えたからと思うけど、突然見知らぬ人から、「L

ＥＥ」で着ているブラウスはどこで買ったのか知りたいと電話がありました。ふむ似合っていたんだ。似合っていなかったらどんなにいいブラウスでもよく見えないもの。でもね、あのブラウス四年ぐらい前に買ったもので、一度別の雑誌に着て出ました。その時はだーれもなーんにもいいませんでしたのよ。つまりその時は私に似合っていなかったんだと思う。写真うつりがよくなかったのかも知れないけどね。

似合う似合わないは、自分のコンディションや季節、状況にもよるようです。

あらすっかり、横道にそれてしまいました。

さて、派手な服装は老化をふせぐか？　うーん悔しいけど否定できません。私の赤いジャケットも赤い地のブラウスも、私をうきうきさせたり、いい感じに見せてくれたりしましたからねえ。

ところで派手な色の服を着ている時、後ろからは若い人に間違えられることもなくはなくて、それで嫌な思いをすることもあるんです。追い越しざまにちらっと顔見て「ちっ、ばばあかぁ」。

いつもは黒の服が多いんだ。
仕事してると便利だからね。
だってちゃんとして見える。

私、このタイプの服は、
まったく似合わない。
ただのそのへんのださださの
おばさんみたい。(まだおばあさんには
見えないと思うから、
おばあさんみたいとはいわない)

エヘヘヘヘ
年とると赤が似合うように
なるんだねえ。

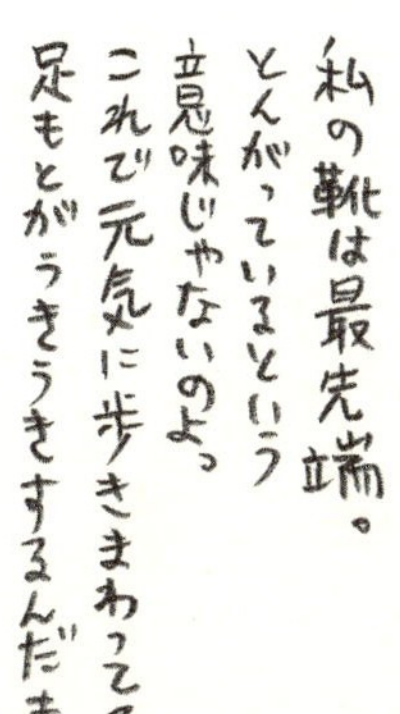

これで私、いいのかしら？

仕事関係の人が突然二人も急死なさって、まだ五十代だったのでとても惜しいと、心からお悔やみしたのでした。この話を友人に話しましたら、六十歳はひとつの山らしいから、越えられない人がいても決して珍しいわけではないというのです。五十代は現役の総仕上げの時代ですから、体も気持ちも酷使している人が多いのです。知人二人は過労によるとも思えるのです。

なぜ体を酷使してまで人は働くのでしょうか。人にとって仕事っていったいなんの役になっているんでしょうね。

そういう私も仕事の虫みたいなところがあります。仕事に追われていることが、充実した生活と信じています。仕事が少なくなるということは必要とされないからと思っているからです。社会から必要とされたい、人から必要とされたい。だから仕事に対しても人に対してもすごーく誠実。長いことやってきて今がいちばん誠実です。な

まけたりずるしたり文句ばっかりいっていられるのは若いうち。私、昔から誠実だったわけではなかったもの。若い時はいい加減なことしていましたねえ。

とにかくある日ちゃんと仕事をやろうと思ったのです。与えられた、あるいは来た仕事を手を抜かずにやろうと思ったのです。すると酷使することになります。それが命を縮めることにもなるんだ……。

ある意味、そういうことで亡くなった方は幸せともいえるような気がちょっとします。だって燃え尽きたともいえるじゃないですか。せっかく生まれてきたんだったら燃え尽きるまで働くって格好いいかも。

わーっ、そんなのつまんないという人も多いことを知ってはいます。人生一度しかないんだからおおいに楽しまなくっちゃという人もいる。

よく働いてよく遊ぶ人は本当のところ、いちばん格好いいと思う。例えば忙しい人なのにいい映画はほとんど観ているとか。映画の話になるとぜんぜんついていけない私は、そういう人の話をただただ感心して聞いていることがあります。そんな時、つまんなく格好悪いのは私なんだとしんみりしてしまいます。ああ、ああ、このままじゃ死ねないねえと思います。突然ですが、映画を観に行こうっと（いつも思うだけな

ゆっくりお茶を飲む
時間は つくらなきゃ
ない。

でも
こういう時間が
私にはもったいない。

趣味はお茶。
私10年以上習って
いるのですが、まだ初心者。
なかなか行けないから。

色をぬっていると
わくわくするのです。
仕事って楽しい。

お尻が重いけど、仕事なら
外国にも行く。
いいものも見せてもらう。

へーっよく見えるねぇ
液晶ってすごいねぇ。

犬も歩けば棒にあたる。
私も歩けば何かにあたる。
いいことでも悪いことでも
全ていい経験になると思う。

歩けばおしゃれな人を見ることもある。
勉強になるね。

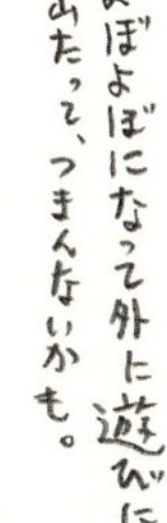

よぼよぼになって外に遊びに
出たって、つまんないかも。

んだ)。

うちの事務所でコンピューターを新しくしました。もちろん私が使うものじゃありません。若い者が使っています。で、突然聞き覚えのある音が聞こえてきました。えっと思って隣の部屋をのぞきましたら「2001年宇宙の旅」の映画をやっています。画面が液晶ですから超きれい、それに音声もとってもいい。映画だってCD-ROMと同じような薄いDVD一枚で観られるんです。感激した私、ここで映画が観られる、しめしめ。

それから思ったことは、働けなくなったら本を読もうと楽しみにしていたけど、パソコンをもっと勉強しておいたほうが楽しみがひろがる。うん? 結局部屋の中じゃない。遊びじゃない、じゃない。

だれかに外に連れ出してもらわなくちゃだめな私と思ったので、友達に電話しましたら、今日は歌舞伎(かぶき)を観に行ったということでした。そうか、誘われてもいつも断っているから、もうだれも誘ってもくれなくなったんだった。じゃあ今日のところは仕事をしておこうと、机の前に座ってほっと息をしたのでした。

老後のみちづれワン（一匹）とツー（三人）

うちは早起きなのです。私は五時、夫は五時二十分。実は犬の散歩があるからです。夫も私も九時には働きに出るので、逆算すると五時半に散歩に出ないと間に合いません。ですから私は五時起きです（夜十時には寝るようにしているので睡眠時間は足りている）。

そして朝のうちに洗濯も、部屋の片づけも、夕飯の一品や下ごしらえもしてしまいます。

夕方は七時半ごろに帰ってきて、夫が犬の散歩をして私が夕飯を用意します。で、食べ終わると九時にはなっている。それから家事をするのはいささかつらい。朝のほうが体力があるからはかどります。

朝の五時半は、夏は明るいので問題はありませんが、冬は真っ暗で心細い。懐中電灯（かいちゅうでんとう）を持って出ないと、うんちのこぼれだって始末できません。犬にもチッカチカ光る

ラーっ5時だぁ。
もうちょっと
寝てたいけど…。
冬は特に起き
あがりにくいのです。

冬場は羽毛ジャケットが必需品。
で、外は暗いからなるべく白っぽい
ものを身につけることにしている。

冬場は欠かせない
首輪ライト。

チューブに電球が
入っている首輪タイプ。

首輪につける
タイプ。
チッチカチッチカ
ついたり消えたりする

お散歩でよく会う
「さくら」ちゃんの
首輪は
すっごいピカピカ。

懐中電灯は地面に置いて
うんちをこぼさないようにして
ビニール袋に入れているところ。

夏は陽がのぼる前に散歩。
それでも汗だくだく。

暗やみで黒犬はほんとに
見えません。首輪につける
ライトは必需。

首輪をさせます。なにやら犬の散歩ごときにおおさわぎでしょ。実はうちの犬は黒のラブラドールレトリーバー（以下黒ラブ）なのです。暗闇じゃ、見えません。見えないとわれわれも犬の散歩の実感が薄らいでしまって、この寒いのに朝から散歩が嫌になるにちがいないのです。愛犬が見えているとかわいい感情で、胸の中が温かいから、雪が降ろうが平気なんだと思う。

でも、はっきりいって世話は大変。そのことは飼う前に少しは分かっていました。それでも飼ったのは、われわれにはラストチャンスだったからでした。前々から黒ラブを飼いたかったのでしたが、仕事をしているし、海外に出かけることも多かったので、無理とあきらめていました。いずれ余裕ができたらと思っていました。

五十五歳の時、友達の黒ラブに子犬が生まれて、飼わないかと声がかかってきました。

犬の寿命を十五年とすると、十五年後、私達は七十歳。犬の世話ができるぎりぎりの年齢。この機会をのがしたら、一生犬は飼えないことに気づいたのでした。だから夫と話し合って二人で協力して飼う決心をしたのでした。

ところがこの黒ラブ犬、名うてのやんちゃ犬だったのでした。イエローはもっとお

となしいのですよ。なぜか黒ラブは手なずけるのが容易じゃないのでした。五十代じゃなかったら、戦えなかったと思う。

そのぶんかわいい。というか、手がかかるのとかわいいのとは比例していると思う。私、つい抱きついてしまうほどです。大きい（三二キロ）ので抱きあげることができないのは残念だけど、抱いても嫌がりません。じっとおとなしくしています。抱いているとじくじく幸せな気持ちになります。

夫とだって今や抱き合う習慣はありませんから、犬を飼わなかったら、気持ちがいやされる体温に、もう気づくことはなかったと思うのです。だから犬を飼って健康になりました。朝の散歩で体調が整い、ぬくもりで気持ちのバランスも整うのですから。

それは私ばかりじゃなく夫もそうだと思います。短気な性格でしたが、がみがみいうことが少なくなりましたもの。犬を飼ってから私達は夫婦げんかをしません。お互いにすごーくやさしくなったと思う。だから雨が降ろうが風が吹こうが、毎日毎日犬のために早起きができるのです。

さーて、あしたも早いから今晩のおしゃべりはこのへんで。オヤスミナサイ！

犬を飼う前は
どうもひざに痛みが
あった。運動不足
だったから。
ねーっ
いい子だものねーっ。
ついでにチュ。
イエローラブちゃんは
おすまし屋。
ねーっ遊ぼ！と
さそっても
知らん顔なの。

2 あっちゃこっちゃ

あっちゃこっちゃが悪いこのごろ

耳鳴りがします。やばいな、と思っていました。かれこれ五年にはなりますか。耳とか歯の病気は脳に影響すると思い込んでいる私は、耳鳴りとか歯槽膿漏（しそうのうろう）は怖いんです。どっちも私の問題なのですが。

実は初めて人間ドックを受けました。六十にしてですよ。まわりは四十代ぐらいから定期的に受けている人が多いのに。すすめる人も多かったけど、病気が見つかるのが怖くて逃げていたのでした。耳鳴りが始まっても、うっちゃっていたのでした。

六十になったら、なんていうか意識が変わるのですね。こんなに長いこと生きてきたんだから病気のひとつやふたつ、体に潜んでいてもおかしくはないかって思えるんです。このことは六十になってみないと分からないことでした。で、夫がかかっている病院のドックを受けたのです。ついこの前のこと。

聴覚検査で高い音が聞こえにくいと診断されました。耳鳴りが始まったころから、

ぼそぼそしゃべる人の話が聞きとりにくくなっていました。高い声が聞きとりにくいという感じはなかったのでしたが、聴覚は衰えているなと思っていました。母はかなり耳が遠いので、遺伝体質かもと思ってもいました。

ドックの診断報告の時、気になるところがあったらくわしい診察を受けるようにすすめられましたから、耳鳴りと聴覚の診察を受けることにしたのでした。

耳鼻科のお医者さんは超美形でした。あららら……大丈夫かしら、信用できるのかしら、な〜んてなぜか妙に不安になってしまったのは、女医さんに対する私の偏見です。で、診察結果は、年齢によるものでした。耳鳴りも聞こえにくくなっているのも、年をとったからなんだそうなのです。治療はないし、進行をくい止めることも遅らせる方法も今のところまったくないとおっしゃるのでした。私、かなりしつっこく突っ込んで聞いたのでしたが、超美形のくせにもぞもぞと素っ気なく、「ない」とおっしゃるのでした。な〜んかね、普通の顔かたちのお医者さんに、再診察をしてもらいたいと思ってしまった……。もちろんこれは私の偏見です。

このことを夫に話しましたら、手立てがないなんて困ったことだねっていわないで、「エーッ、そんな美人の女医さんがいたのぉ、おれ今まで一度もその人にあたってな

わたし

耳の形は立派なの。
形だけね。

歯もね、奥はないし、前は義歯。

眼鏡も遠近両用です。

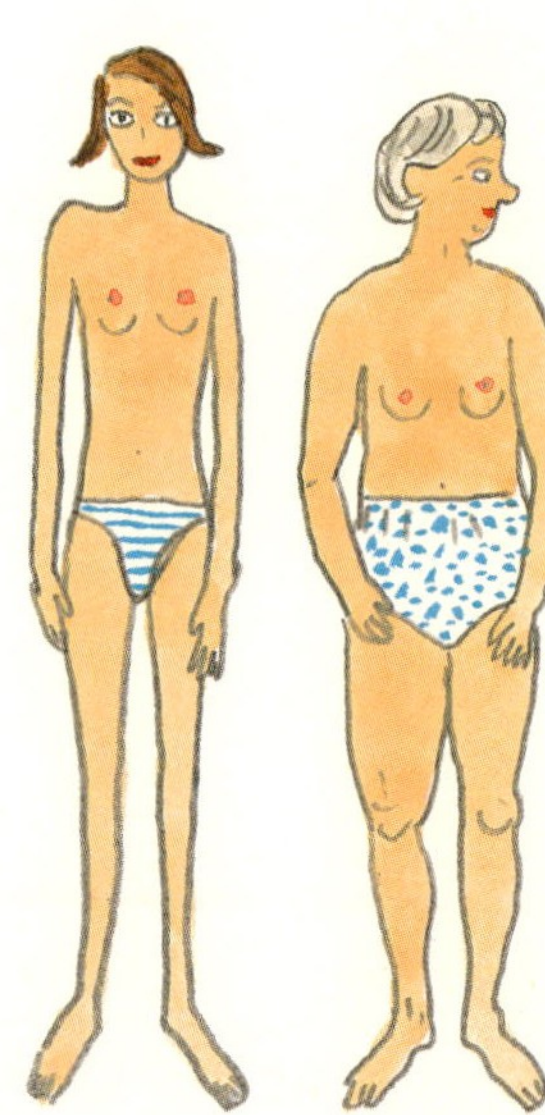

誰でも年をとれば体も老いるの。
年とっているのに若い人みたいな体つき
なんて人はいないんだから。

小さくて形のよい友達の
手。やっぱり老化て．

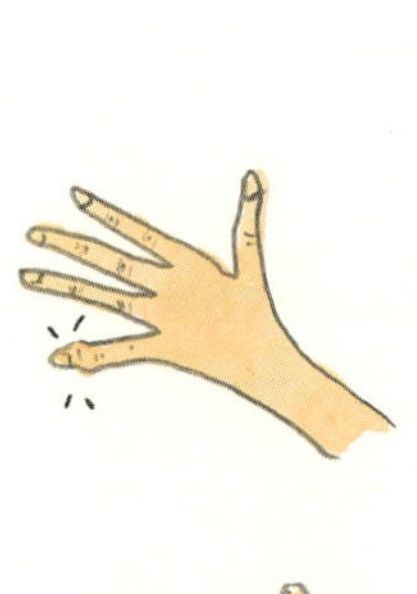

これは私の手。
指先にひびが
入って痛いから
バンドエイドを
はったけど、
仕事の邪魔に
なる。

今のところ
パートナーが健在だから、
なんとかお茶もおいしい。

お互いね、
年とったね。

うちの犬だって
いずれ老犬になる。
口のあたりが白毛になっ
ている犬を見かけると、
ああなるんだろうな
と思い、切ない。

いよ、名前なんていった？」……だって。

友達にこのことを話しましたら「超美形かぁ、信じられないというのもわかるなぁ」といいましたよ。

今のところ別の病院で診察を受けるつもりはありません。そうか年なんだと、だんだん思えるようになってきて、しわやたるみと同様に、体の内部も老化は当然なんだと受け入れることができてきつつあります。

それにしても年をとるのはせつないことですのね。同じ年齢の夫と向き合って暮らしていると、お互い年をとっていくのが目で見えるもの。夫の体の変化は私のことでもあるもの。その上、ついこの前友達が小指の関節に激痛があって、しばらくしたらこぶができたので病院に行ったら、関節リウマチっていわれたというのです。老人に多い病気が人ごとではなくなったのです、私達。

でも私、十歳若くも二十歳若くもなりたくないし、ましてや二十代なんかにもどりたくありません。金輪際（こんりんざい）ごめんです。せっかくこの年までやってきたのです。このまま重ねていくのがいい感じと思う。くたびれていく体からの注意音に耳をすましながら、まずは六十代をエンジョイしたいと思うこのごろです。

おせっかいの戒めね、まったく

友人の店が移転開店しました。地下一階と一階、二階の三層で、天井の高い明るいすてきなお店でした。オープニングの夜はそれはそれはにぎやかで、私、浮かれました。翌日になってもまだ浮かれ気分でした。たまたまその友人にあげる約束をしていた本を店員さんに預ける用もあったのでしたが、私、浮かれ気分を引っさげて、翌日またのぞきに行ったのです。

表通りから一本奥に入った細い通りの店でしたから、客入りについて友人は少々不安といっていたこともあり、私が心配してもしょうがないのですが、気になっていましたし。でも数人の客がいたので、ほっ。こんなふうにおせっかいな私です。だから大変なことにもなっちゃったんだと思う。トホホホ。

一階の店員さんに本を預けようとしたら、今、二階に友人がいるというじゃありませんか。二階には外階段で上がります。いったん外に出なければなりません。友人が

ガラスにガーン！
後から支えてくれたのは
一緒に行った友達。
友達がいなかったら
床に頭もぶつけてたと思う。

1人になって
そっと鏡を見て
再びガーン！

これはとりあえず
入れ歯です。

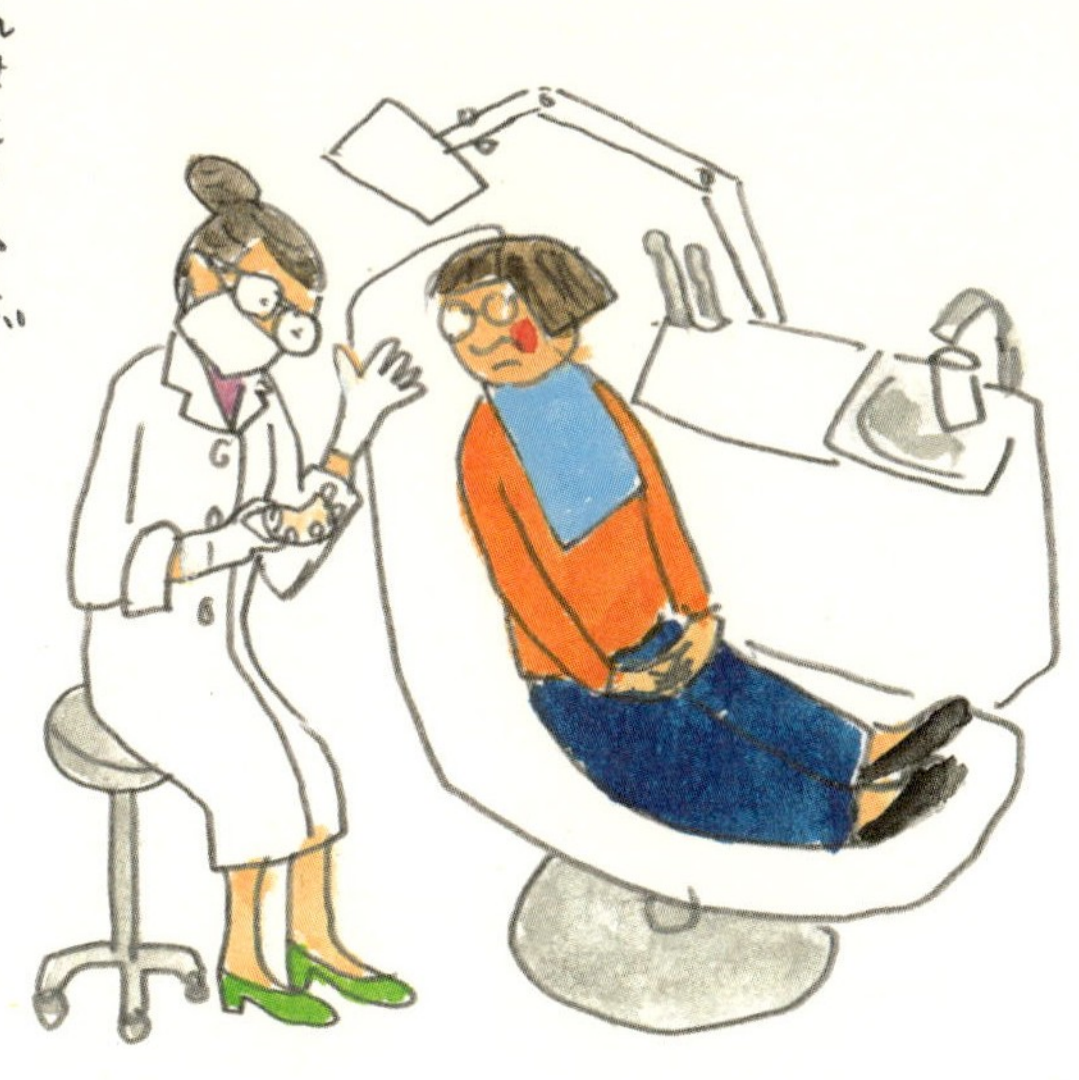

1本25万円もかかる義歯の
インプラントにする
費用が、私には大問題。

帰る前に渡したいと、気持ちがあせりました。だから急いで出口に向かったのでした。あせったり急いだりしてはいけませんねえ。

数人の女性がこちらに歩いてくるのが、ガラス越しに見えました。お客さんが来る、よかった……そう思った（ほんとおせっかい）瞬間、私はガラスに激突していました。外の女性を見ていなかったらガラスに気がついたと思うんだ。

さあ大変なことをしてしまった、新しい店にみそをつけてしまったと思いました。でも強化ガラスというんですか、分厚いガラスでしたから割れはしませんで、ほっ。ぶつかった反動ではじきとばされましたが、そんなことはたいしたことではありません。ガラスにひび割れもしなくてただただよかった、ほっ。

それにしてもぶつかった音が大きかったんでしょうね。私が見ていた外の女性達がびっくりして目をまるくしたのを、覚えています。あ～あ。

よく見れば、曇りひとつない新品のガラスに私のキスマークがばっちりついていました。それはきちっと拭かねばなりません。ガラスに傷がつかず、拭きながらそればかりよかったよかったと思っていました。

で、気持ちに余裕がもどって、気がつけば私の口の中が変です。特に歯が変です。

それでもその場では何ごともなかったようにしていなければ、申し訳がありませんから、内心超不安でしたが、平静を装いました。

一人になってそっと鏡をのぞいたら、ブリッジといって前歯から奥歯までつなげてある治療済みの左の歯が、お手てつないで奥にずれていたのでした。だから歯は噛み合いません。また当然くちびるの内側も切れていました。さあ大変。というのは、二週間後に仕事で南仏に行く予定でした。

行きつけの歯医者で、応急治療をしてもらえることになり一応解決。

実は、ガラス激突前後に、小さなやけどをしたり、傷をつくったりしているのです。オーブントースターでやけど、開き戸のストッパーでひっかき傷、ドアノブで頭を打ってくらくら。私の体の危険回避のアンテナがどうも故障しているとしか思えないこのごろだったのでした。

でも私、年だからねえとはいいませんの。なんでもかんでも年のせいにしていたら年とっちゃうもの。

友人知人の歯事情

私の夫A
朝しかみがかない。
それもちょちょいと。
でも義歯は3本ぐらい。

Bさん
階段踏みはずして
歯を損傷。
それ以来歯に
お金をつぎこんでるみたい。

なんでこんなところで
やけどするんだろう。
冷し足りなくて水ぶくれに
なってしまった。

Cさん
笑顔がチャーミング
だったけど、ある日
歯並びが整ったら
ちょっとチャーミングじゃ
なくなった。

Dさん
肌もきれいで
いつまでも年を
とらない人。
歯ぐきも
ピンクで若々しい。

Eさん
うわさによると、
インプラントという
義歯。口の中は
車が買えるぐらい
お金を投入してるとか。

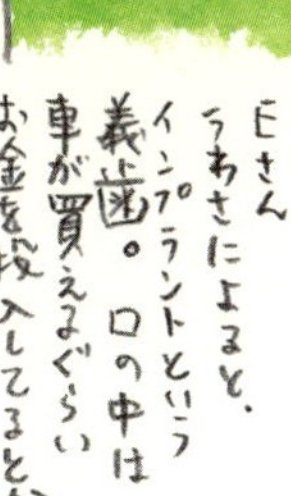

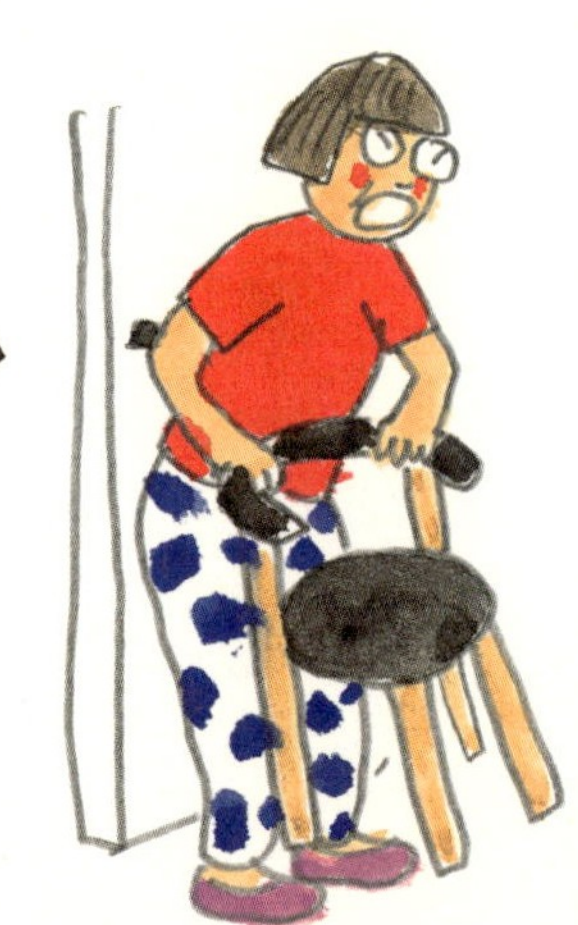

ひじで戸を押したら
ストッパーの金具が
ギリギリギリと
私のやわらかい肉を損傷。

→

この直後
ガチーン！

胃も年相応ってことね

夫からもらう一カ月の家計費を計画的に使おうと思ったのが、六十歳になってからなのです。それまでは私の仕事の買い物もまかなう財布に入れて、使っていましたから、実は家計費なるもの、どのくらい入り用なのか、把握していませんでした。夫ので足りているのか足りていないのか、食費についても考えたことがなかったのでした。だから仕事が忙しい時は、近くのレストランで食べる、友達に会えばご馳走(ちそう)する。正直いうと、夫からの家計費で足りているわけがないと、内心思っていたのでした。

このご時世、私の仕事もおいしい収入のから順々になくなって、気がついたら、夫からもらう家計費が有り難いという内状。タハハハハ。

で、家計費の中から食費を別財布に入れて、その他の家計費はとりあえず郵便貯金することにしました。光熱費などは私の銀行預金から引き落としになっていますから、郵便貯金は特別な支出の時に使うということにしたのです。

で、ですね、食費を考えてやりくりして使う、それがなんだか面白くなっちゃった。変ですよねえ。でももともと平目より鰹の刺身が好きで、鯵、鯖、鰯の焼き魚が好きですから、必死に切り詰めているわけじゃありませんけど。ただ、外食はずんと少なくなりました。だってあれ二人だと一万円以上はしますからね。

外食だったらいつもの家御飯みたいじゃないものが食べたい。イタリアン、中華、すし、てんぷら。どれもおいしくなきゃ外食の意味がないし。当然お金はかかる。

この前、用あって二人で外出して、夕御飯を食べてから帰ることになりました。外で夕食なんて久しぶりです。夫は中華が食べたいというのでしたが、しばらく外食をしていませんので、いいお店が思い浮かばない。結局以前よく行っていた代官山のアントニオというイタリア料理屋さんに行きました。知っている店は気が楽です。この年になると味のわからない新しい店はおっくうですものね。

奥のいい感じの席に案内され、座る。な－んかほっとする。夫の好みは分かっているので、私が料理を選ぶ。メニューの味も量もだいたい読めるので、迷わず決める。外食が少なくなってから食べる量がぐっと減りました。前は頼みすぎて無理して食

食費用の
財布。
派手な色です。
ガンバッテ
ヤリクリセヨ!

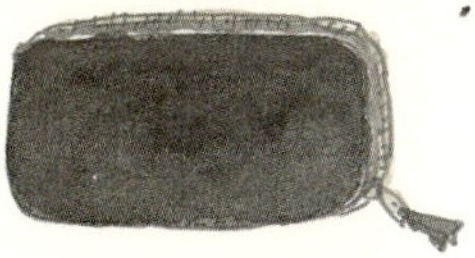

私の仕事と
私個人用の
でっかい財布。

使い分けた方が
個人としても
気分いいのでした。

中華が
食いたい

うーん
中華飯
店…うーん

近ごろ外食が少ないので
急にはいい店
思い出せない。

夫は近ごろ台所で料理をする。
スパゲティゆでるの上手になりました。
で、外で食べる
スパゲティの
ゆでかげんに
うるさく
なった。

サーブがいい感じも
ご馳走です。

この夜の
アントニオの飾りは
青りんご。
近ごろお店がおしゃれに
なりました。
雰囲気のいいことも
ご馳走ですよね。

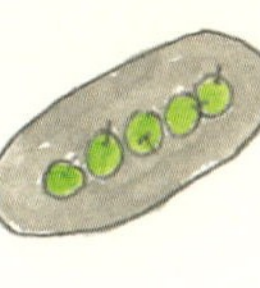

子供(ガキ)いて若者がうるさい
店は行きたくないね。
この日は大人の客が多かった。

その夜
食べたもの。

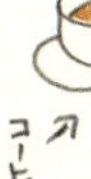

べていましたねえ。胃も近ごろの食生活に合わせて、小さくなったみたい。

突然ですが、昨年人間ドックに入って、あちこち検査してもらったけど、私の胃はいわゆる胃の形をしていないのでした。ずるっと伸びて腸まで下がっていたのでした。医者は胃下垂（いかすい）というのです。昔のおばあさんの乳房みたいな形の私の胃は、長年食べ過ぎたせいと思う。もう取り返しがつきません。とても寂しかった。

小食になったけど私の胃は垂れ下がったまんまだろうなあ。

一皿ずつの料理を半分ずつ食べて、デザートは夫がテラミス、私はコーヒー。

おいしかったし楽しかったけど、外食は一カ月に一度でいい。私達の胃も財布の中身も年をとったのです。

年月を重ねてみれば

私の母は八十七歳（二〇〇一年某月某日）です。やせていて小さくてしわしわのおばあさん。でも気はしっかりしているので、外ではしゃんとしているみたいです。

私は母をうとんじてきました。中学二年まで、おばさんと呼んでいた事情がありましたから、お母さんと呼べません。私に子供ができ、子供といっしょにおばあさんと呼ぶようになって、ほっとしたことを覚えています。

母は私を育てませんでしたので、私に対して、負い目があったのだと思います。まわりの者に、母が私にすご一く気を遣っているといわれました。それがまたわずらわしいのでした。

中学二年から高校一年までいっしょに暮らしましたが、二年、三年はよその家に下宿したりアパート暮らしをしたりして、母から逃げました。高校を卒業すると、東京で浪人生活と大学生活をし、東京で仕事を見つけましたから、子供として母と暮らした

息子(母からは孫)は母がいなかったら
元気に育たなかったと思う。

おばあちゃんから卒業して
しまった孫。
大事にしてもらったのに。

今は口だけおばあちゃんはどう?。
会いにも来ない。
そんなものかも。

母はわがままな私にがまんしていいなりだった。どんなに嫌な思いをさせたことか。

踊りは足腰にいいよ、という。練習は熱心。気が強いから人に負けたくないのだと思う。だから元気。

母は料理が上手だった。ちくぜん煮は、友達が教えて欲しいという程だった。

今は私からおかずのおすそわけをする。

私は若い時にしっかり習ったから、先生にほめられたよ、と自慢する。

のは三年ぐらいでした。それなのに、結婚して子供ができたからといって、子守りに東京に出てきてもらったのは、一方的に私の都合で、母の老後の計画をおじゃんにさせてのことでした。母はいくらでも嫌だといえたはずでしたが、負い目が決心させたのだと思います。

家を建てさせて、家事と子守り（子育て）をさせて、子供が母の手にある年齢になるまで、さんざん世話をさせました。

家を改築した時、母の住まいを別にし(小規模の二世帯住宅)、これからは好きなだけ寝て、好きなものを食べて、好きな所に出かけてよいと突き放したのでした。

私は手にあまる息子のことで一杯でしたから、母のことは考えませんでした。幸いよっかかったり頼ったりする性格じゃなかったので、七十一歳になっていた母は生け花を習い、踊りを習い、地域のお年寄り達と交流を始めました。みなさんと旅行にも行くようになりました。地味な性格と思っていたのでしたが、ずいぶん社交的だったのでした。やがて「今がいちばん幸せ」というのでした。それを聞いた時、初めて母のそれまでを思いました。二度結婚して二度離婚して、戦争を経験して、働いて一人で生きてきた母でした。

八十歳を過ぎたころ、腕を痛めたり、転んで足を悪くしたりして、入院しましたが、初めて私にわがままを見せました。私にだけはずーっとやさしかったし遠慮していましたから、あらためて母を考えました。

この前もベッドから降りる時、テーブルにかかとを強く打ちつけたらしく、骨にひびが入りました。医者のすすめもあって家で治療することになりました。三度の食事の用意や身のまわりの世話は、働いている私でも、なんとかやれました。家にいられたので、歩けなくても入院した時より元気でした。それがなによりよかったと思える私です。

今はようやっと老人施設に遊びに行けるまでになり、週一回、木曜日の朝、私の通勤の車に乗せて施設に送ります。

普段は朝と晩、母の様子をのぞいて、問題ないのを確認してやっています。

母が死ぬまでは病気にもなれないし死ねないと思うのです。そうなのです。いつの間にか私も、母が行く老人施設に入れる年になっていました。

きゃーっ私も老女というわけ!

大きいおばあさん（身長は小さいんだけど）は私、
小っちゃいおばあさんは母。
病院の待合いで。

自宅治療の時、
お手洗いだけははって行ってもらった。
その方が母は気が楽だったみたい。

母の部屋をのぞく。
近ごろよく寝ている。
息をしているかどうか
たしかめる。

やーい!そっちにいいお医者はいないかあ?

知人が子宮の検査で3Aと診断されたんだそうです。3Aというのは、分かりやすくいうとがんになる過程の症状だそうなのです。知人の説明によると、1、2、3A、3B、4、5となっていて、1から3Aまではがんの予備軍、3Bから5はがんなんだそうなのです。3Bはがんなんですよ。つまり3Aの次は正しいがんなんです。当然、3Bにならない手立てはあると思うでしょ。それがないんですって。信じられない。

で、知人は違う病院で再度検査を受け、その時は1だったそうですが、やっぱり治療はないんですって。三カ月したら検査をしましょうだって。でもその病院の先生は免疫力をつけるサプリメントをただでくれたから、前の病院の先生より感じよい先生と思えなくはないけど、なんか扁桃腺が腫れたら飴玉くれたみたいなことのような気がしなくもないのです。知人は真面目に飴玉をなめていなかったから、サプリメント

のききめはわからず、二度目の検査で3Aとなってしまっていました。それを聞いた私はとっても気落ちしています。

で、このことについて別の知人は、子宮がんなんて、なっちゃったら早期にとっちゃうしかないんだよ、なんて乱暴なことをいうのです。

知人達の話に動揺していたら、三人目の知人が、子宮がんのお姉さんの病院探しにつき合って、病気を治すのは病院の先生次第とはっきり思ったというのでした。さらに病院は三カ所は回って信頼のおける先生を見つけるのが常識です、ともいうのでした。実際そのお姉さんの最初の先生は、早々に手術しなきゃいけない状態にもかかわらず、放置していたそうで、知人が怒ってお姉さんを別の病院に移らせて手術してもらって、治療したんだそうなのです。

知人達の大切な話をここでこんなふうにしていいものなのかしら？　と申し訳なく思うのですが、私がいいたい本当のところは、医学って私らが思っているほど進んでいないということです。

前に聴覚が鈍くなっているので耳鼻科で診察してもらったら、老化ですから治療はありませんといわれて、とてもショックだったことをお話ししましたが、まあね、老

ずーいぶん昔のこと、
今考えるとゾーっとすること
なんですが!!。

その朝、夫は前日買った
ドーナッを食べたのです。

でいつものように会社に行きました。

ところが、会社についたとたん
ひどい腹痛を起こしたのです。

痛みがやわらぐ
気配がないので、
近くの胃腸病院に
行きました。

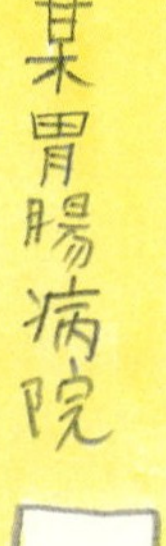

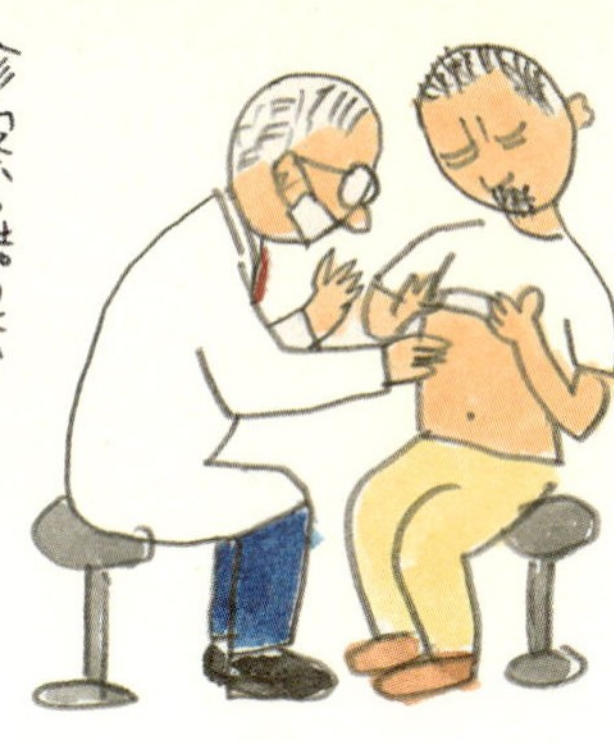

診察の結果、急性膵臓炎で明日手術で摘出と診断されました。

夫から連絡があったので、入院用品をそろえて病院にかけつけました。

ろくに検査もしないで膵臓をとっちゃうなんて、変と思いましたので、医者の友達に電話をかけましたら、ヤバイすぐそこを出ろ！といわれ、夫は強引にその病院から逃げ出しました。

で、友達のいた病院で検査をしましたが、なーんともなかったのです。どうも腹痛の原因は油のまわったドーナツの不消化らしかった。こわーい事件でした。

医者の友達が今はいないのでとても困ってる私達なのです。

化は病気ではないんだから、納得したわけじゃないけど、あきらめることにしていますし、日々老化は進んでいるんだけどねぇ、手立てがなければしょうがないじゃない。命に関わる病気じゃないんだから大声で愚痴はいえない。

でも、大勢の人が苦しんでいるがんも、老化による障害も（並列で申し訳ない）、治療についてはまだまだというのはどうにも歯がゆいです。

夫は耳石器に故障が起きます。三半規管は平衡感覚、耳石器は重力に対応しているものらしく、夫は故障が起きると、吐き気がしたりひどい時は起き上がれません。これも老化によるんだそうで、治療はありません。

自分がもらったたったひとつの体、悪くなって初めて大切に思う（聴覚の老化でも）し、だからまわりの人の体もとっても気になるこのごろの私です。

健康がどんなにすてきなことか！

夫の口ひげはほぼ真っ白なんだ

「歯がだめになってどっと年をとった」

と夫は私のことをいうのです。

「そりゃそうよ、あれ大変だったもの」

と返すと、

「でもまあ年だからな、仕方がないさ」

と力なくぼそぼそ。

昨年、強化ガラスに激突して、差し歯をつなげたブリッジという方法で納まっていた、左の上の歯全部を損傷しました。その治療はそれはそれは時間がかかり（もちろんお金も）、その上決して満足した仕上がりではなかったので、私の中のなにかが崩れてしまったのでした。それが急に老けた原因だと自分では思っている。

今は前歯から左の歯全部と右奥歯二本が、いわゆる入れ歯になっているのです。入

「おまえ急に年とった」と朝食卓でいわれてしまった。

歯のダメージはまず精神的ダメージとして口臭を引き起こした。ほんとよ。

歯の治療は医者のいいなりだったけど、今回だけは文句をいってできるだけ納得したかった。

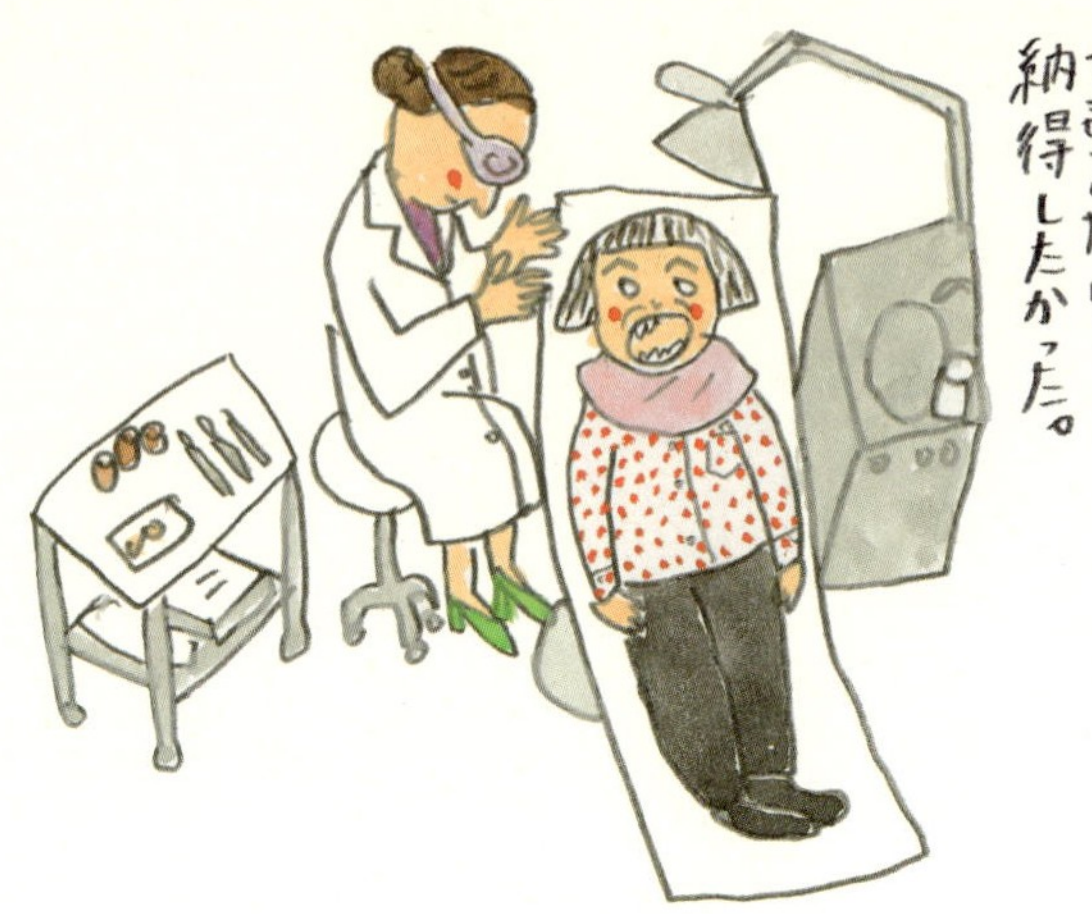

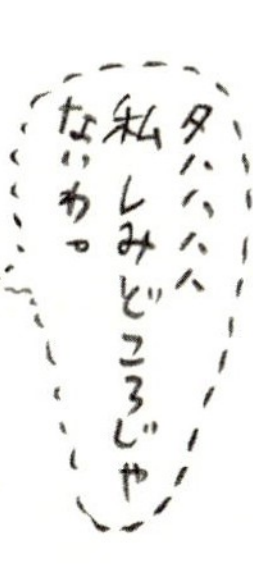

入れ歯をとるとすっごく年寄りに見える。

れ歯の歯茎は中に金属が入っているので、不健康に見える茶がかかった肉色をしています。歯医者さんにはよく出来た入れ歯のようでしたけど、私には哀しい出来の入れ歯でした。このことはどうも仕方がないようなのでした。

でもね、せめてせめて右の歯三本を残してくださいと説得してよかったのでした。最初は全部取ってしまって根に磁石をうめるといわれたのでしたから。左犬歯（けんし）の奥のも残してもらえると思ったのでしたが、根にひびが入っているというので、今は入れ歯を固定する磁石が入っています。

で、入れ歯は金属のささえに樹脂の歯茎がついてできています。当然上顎（うわあご）は狭くなったので、しゃべりにくい。歯医者さんはすぐ慣れますとおっしゃったけど、ぜんぜん慣れませんの。

こういう入れ歯しか方法がなかったのだから、あきらめるしかないと思ってきました。

寝る時ははずします。夫にも見られたくないから、寝る直前にはずします。幸い家を出ていった息子の部屋が私の寝室。夫は別寝室。それでも毎晩しみじみ、なんて哀しいことなんだろうと思うのです。

まだあきらめきれないでいるのです。あきらめてしまえばそこからまた自分の中によしとすることが始まるんでしょうけど。

「歯がだめになってどっと年をとった」という夫とは同い年で、ずーっと顔を合わせて生きてきましたから、私の状態は彼の状態でもあると思っていると思います（私はそう強くは思わないんだけど）。私が元気だと自分も元気だと思え、私にしわやたるみが目立つようになると、彼もその年と認識するみたい。

だから夫は私に元気でいてもらいたいらしいのです。

近ごろ夫婦っていいと思う。うちのように同い年だと年くっているのに若いつもりの無理はしないもの。とにかく等身大の見本と毎日顔を合わせているからね。

なんて年くったことをなだめていたら、若い人が、

「年とって口まわりに白い毛のまざった雄犬を飼っている人が、最近若い雌犬も飼ったんですって。そしたら雄犬の白い毛がなくなったんですってよ」

といいましたの。

「へー、そんなこともあるんだねえ」

と私感心したけど、なにやら複雑な気持ちがしなくはなかったのでした。

私、体は小さいけど、
夫の日常を
しっかり支えているつもり。
だからねえ、私が弱くなると
夫は困るの。

マイク真木さん
赤ちゃんつくられたって。
きっと若い奥さんなんだろうナ。
人間だって同じだよ。

スンマセン！
おばあさんの奥さんで。

3

なにがなくても

なにがなくてもおいしいご飯

仕事からもどるのが、七時半ごろです。夕食をつくって食べるのは八時過ぎです。たいがいご飯は朝、弁当をつくる時に炊きますので、保温のご飯を夕食に食べています。帰ってから米をといで炊くと、夕食の時間はもっと遅くなってしまうから。

おかずは一品、朝のうちにつくっておくことにしています。例えば切り干しとおあげの炊いたのなんか。それで焼き魚、きゅうりとしらす干しの酢のもの、ほうれん草の胡麻(ごま)あえ、味噌汁、といったような定番和食。だから時間はそんなにかかりません。

いつも帰りの車の中で、おかず作りをイメージシミュレーションして心の準備を整えて、帰宅します。だから三十分ぐらいで支度ができるのだと思う。

その日は炊飯器にご飯が一杯分しか残っていませんでした。そのことを頭に入れてメニューを考えていました。ぶりかまの塩焼き、アスパラガスの胡麻あえ、残り物のさつま揚げと白滝の炊いたの、それに前日のさといもと厚揚げの炊いたのがいまいち

だったので、味噌汁にしてそれにおもちを入れて雑煮(ぞうに)にしようと決め(これがご飯の代わりと考え)、帰宅したら、早くに帰っていた夫がパニクっているのでした。ご飯がない、ご飯が足りないって。

もともと彼はつくる人ではなくて食べる人で、皿洗い係の人。夕食はただただ私の帰り待ちなのです。その日はすこし私の帰りが遅かったから、炊飯器をのぞいたのです。それでご飯が一杯分しかなかったので、これでは夕食にありつけないと思ったようなのでした。

大丈夫よといくらいっても、足りない、ご飯が足りないというので、私も不安になってておかず一品(キャベツのたまご炒め)をプラスしたら、食べきれなくなって、どれもこれもつっついて残してしまったのでした。

あらためてご飯は主食なんだなあと思いました。あれがないと和食は収まらない。ご飯を満足に食べられなかった子供時代を過ごした私達は、ご飯への思い入れが若い人より強いのかも知れないとも思うのです。これからは足りるようにしておかなくっちゃ。

最近ご飯を本当においしいと思います。もちろんスパゲッティもパンも食べますが、

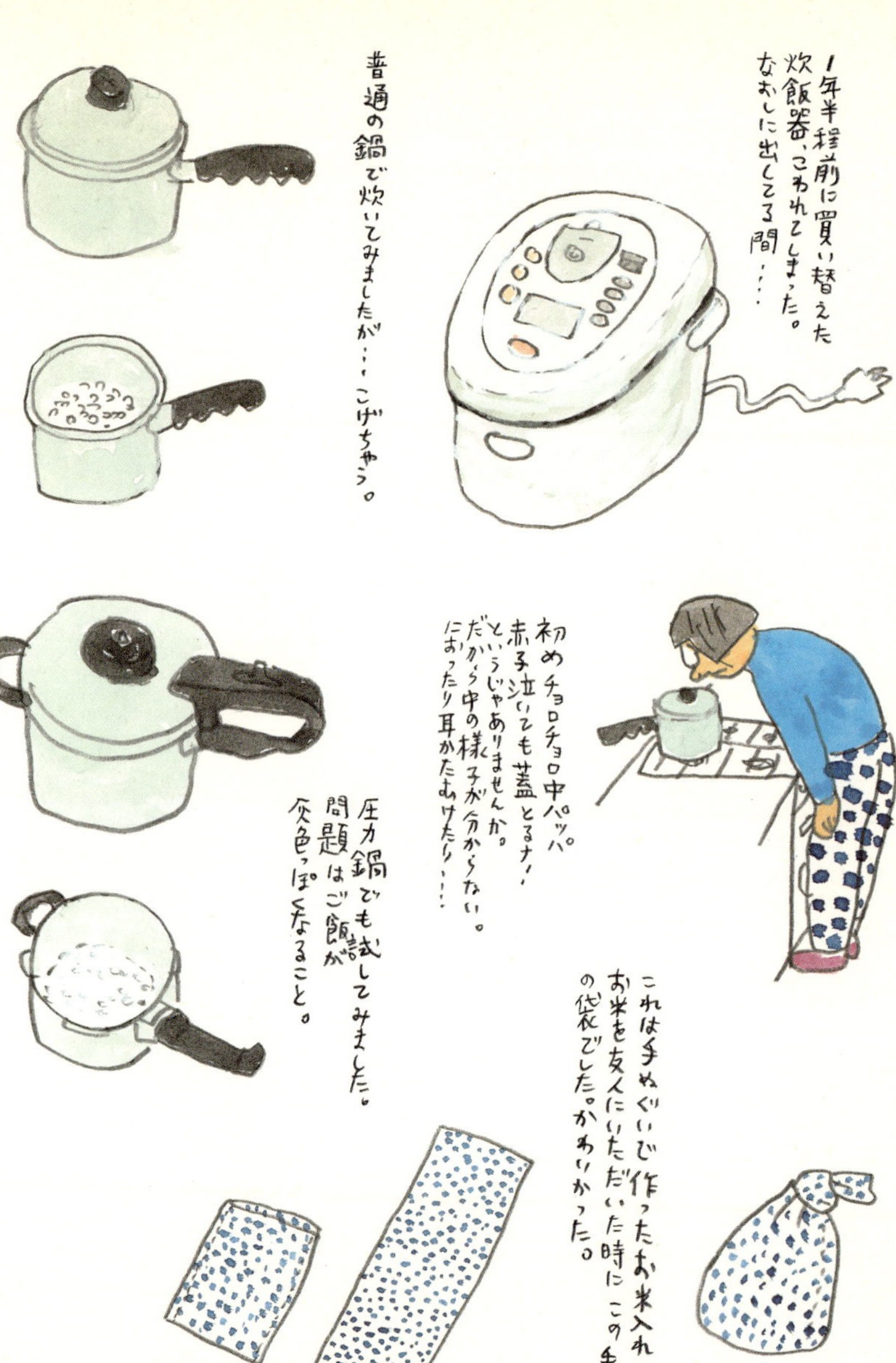
1年半程前に買い替えた
炊飯器、こわれてしまった。
なおしに出してる間・・・
普通の鍋で炊いてみましたが・・・
こげちゃう。
初めチョロチョロ中パッパ。
赤子泣いても蓋とるナ！
というじゃありませんか。
だから中の様子が分からない。
におったり耳かたむけたり・・・
圧力鍋でも試してみました。
問題はご飯が
灰色っぽくなること。
これは手ぬぐいで作ったお米入れ。
お米を友人にいただいた時に この手ぬぐい
の袋でした。かわいかった。

ご飯をおいしく食べる
うちの器
湯のみ
汁椀
ご飯茶碗
昨日のご飯のおかず
ぶりかまの照り焼き
きゅうりとたこの酢のもの
大根といかの煮もの
ご飯が足りないよと犬に文句をいっていたかも知れない夫。
ご飯はおいしい!

ご飯がおいしいとパーフェクトな満足感なのです。食欲の気持ちの隅々にじわーっと浸透するのです。

この前、福島の人にもらったお米はとても味わい深かったのでした。同じお米なのにいつものとぜんぜん味が違いました。あれはなんでなのでしょう。毎日食べるものだから、主食なのだからおいしいのを食べたいとは思いますが、そういうのは簡単に手に入りません。戴いたのが底をつくと近場で買ってきます。でもそれしかなければそれなりの日常になるのです。

エルメスのバッグを人に借りて数日楽しんで、返した後にいつもの自分のバッグを持つと、ちょっとがっかりする(だろうと思う)。でも数日するとちゃんとあきらめられている(だろうと思う)。それと感じ似てるんじゃない？　ん？　お米とバッグは違う？　そうね、エルメスよりおいしいお米のほうがずーっと体が喜ぶもの（私エルメスに関心ないの)。

足りてるよ

衣食足りて礼節（礼儀と節度）を知る（暮らしに余裕ができると心にゆとりが生まれ、礼節を重んじる……「ことわざ辞典」による）。いつごろだったかなあ、だれからだったかなあ、こんなことわざを聞いたのは。祖母からだったか、先生からだったか？

私の子供のころは日本中が貧しくて、衣も、食も、住も不自由していました。私は三重の田舎にいましたから、住には差こそありましたが、ホームレスはいませんでした。でも当時(戦後)、都会には掘っ建て小屋同然の、雨風さえしのげればよいような家に住む人もいたと思うし、親戚や知人の家に居候（いそうろう）の家族もいたと思う。それさえできない人はホームレスをしていたと思う。

衣食も満足じゃなかったけど、住も足りていなかったのではないでしょうか。確かに衣食がなかったら生きてはいけません。だけど、「衣食足りて礼節を知る」のことわざに、住が入っていないのは変ですよ、と私は思っていました。

これ私の家
すっごい小さいの。
でも暮しいいよ。

TVは15年くらい前のもの。
だから画面は四角い。
映らなくなったら新しいのを
買う。もちろんワイド画面の。

ソファはカバーリング。
汚れたらクリーニングに出す。
長く使っているの。

うちの大事なもの。
拾った兎のミュウちゃん。

友達の犬の子供の
ダルマーちゃん。
心がやわらぐ。
でももうこれ以上は
増やさない。

暮しの知恵というか……。
使わないの、
よかったら使って。

ちゃんとした器は
若い友達に
使ってもらう。

食器棚が空いたからといって
いいなあと思う器に手を出さないこのごろ。
物は気に入ったのを少しでいいと思うこのごろ。
年とったから。

私の小さいころ、町に出ると乞食……ホームレスがいましたが、普通の人の持っている感覚がないようでした。ぶつぶつ独り言をいったり、怒鳴ったりして不気味でした。今、東京の町にはホームレスがたくさんいます。でも普通に見える人のほうが多い。そして衣食は足りているみたい。

洗濯をしていないような臭いはしますが、ちゃんとした服を着ているし靴下を履いて靴も履いている。コンビニでお弁当買ったりもしている。この前、かなり汚れた服を着たホームレスが、コンビニの前でほかほかと湯気のたっているプラスティックのどんぶりから、なにやら食べていた。どうも食べるものを買うお金はある人もいるみたい。住に関しての感覚だけを放棄しているんじゃないかなと思います。

住を捨てたら礼節はいらなくなるんじゃないですか？　というより、やらなくてすむでしょうね。あれってかなりやっかいなことでもあるから、あれが嫌になってホームレスになった人もいるかも知れません。

で、私は「衣食住足りて礼節を知る」……が正しいと思っているのです。

礼節って社会生活の規範でしょ。もちろん立場によって内容はそれぞれです。自分の思っている礼節は他の人も同じかというとそんなことはないこともあるから。時代

によっても、世代によっても違う。そういうことを認識しないと気分よく生きていけません。

さて私の礼節については横に置いておいて、私、住が大好きです。それというのも子供の時は親戚に居候し、肩身の狭い思いをしましたから。たぶん、反動なんだろうと思いますが、大きな家というより心地よい家にこだわりを持ちます。そのこだわりも、どうやら一般的な心地よさのこだわりではないらしい（自分でいうのも変かな）。

例えばごく普通の主婦の友人は、私の家に来て、「こんな家に住んでいたら子供はぐれるわ」といいました。私の家には温かみがないというのです。

シンプルをもっとうにしていますから、かわいい飾りはありません。紅茶のカップだってホテル仕様の白のものです。友人の選んでいるカップは華奢（きゃしゃ）な持ち手のついた花柄です。私は飾りイコール温かいとは思いませんので、友人の意見に左右されませんでした。

子供は年ごろになると、年なりに乱れ、親の思っているような無難な道には進みませんでした。友人の子供は乱れはしませんでしたが、でもそれとシンプルな家とは関係ないと思っているのです。

だって私の家、充分心地よい住まいだもの（私にはということかも知れない）。

今、子供は都心に部屋を借りて住んでいます。大人になれば当然のことと思います。それは生の根をはやしていることだと思うから。そうなのです、住まいは生きていく上で衣食と同じに欠かせないのよ。でも、衣食住に恵まれているのに、礼節を欠いている人も多いけど。

知足（＝足りるを知る）という、たぶん、中国のお坊さんがいったと思われる言葉を借りまして、「衣食住足りるを知って礼節に至る」……かなあとも思うのです。

今、ぜいたく過ぎてはいませんか？

こんなこと考えるのは、私、六十歳になったからです。年とったからだと思う。

着なくなった服は
友達に送る。
友達の友達たちが
買ってくれる。
無駄にならなくて
いいでしょ。

クロゼットが空くと
新しい服を買う。
ウフフフ。
仕事柄ネ。

欲しいけどねぇ〜
似たの持っている。
どうしようかなあ。
もちろんこんなこともある。

身のまわりもスリムがいちばん

今日は台所の棚の中を整理しました。一年前に余分な食器や調理器具をかなり処分したので、棚の中に余裕があり、食器棚と背中合わせになっている居間側の収納棚に入れてあった、水差しやワインクーラーやデカンタやワイングラスを、台所の食器棚に移して整理しました。その中には処分したほうがいいような物（ワインクーラーやデカンタなんかほとんど使わないから）がないわけではなかったけれど、今日のところはとりあえず移動だけ。

捨てるってエネルギーがいるのですよ。使えるものをゴミにしなきゃならないもの。もったいないと思う気持ちと戦わなきゃならないもの。

私の世代は、物のなかった戦後を忘れ去ることができません。それってすごーくやっかいですのよ。

物が豊かになりましたが、今日に至るまでには段階がありました。前にはなかった

いい物が出てきて(その時点ではすごーくいい物と思う)、うれしく手に入れるのです。三年もしないうちにもっといい物が出てくるから、当然手に入れます。また三年もしないうちにもっともっといい物が出てきちゃう。やっぱりいい物はいいから、手に入れないでは収まらない。

気がつくと棚の奥に使いもしない物がぎちっとつまっていたのです。そして今やしまいきれない物が床の上にはみだしてきた。使いもしない物のために、都会住まいの貴重なスペースを占領させておくわけにはいかないと考えるのだけれど、処分するにはもったいない気持ちと戦わねばなりません。だって物がなかった時代のことを忘れてしまえないのですもの。

物がない時代が身にしみているからこそ、いい物を見ると手に入れないわけにはいかない、そのことと捨てられないこととのはざまで、近ごろ私はほとほと疲れてる。

故猪熊弦一郎(いのくまげんいちろう)さんの『画家のおもちゃ箱』という本の中に、猪熊さんのお友達のルドフスキーさんは、「お皿を六人前しか持っていないので、使ったお皿は洗って、次の料理を盛る。セカンドハウスには椅子は二脚しかない。プールは一人しか泳げない巾につくられている」とありました。そしてシンプルな生活はうつくしく楽しく、ルド

ずいぶん前に友人の店で
箱膳を二つ買った。
老後のシンプル生活のために。
でも使いそうもないの。

ふたを閉めて
二つ重ねて
部屋のすみに
置いておく。

使う時は
ふたをひっくり
返して膳にする。

食器は
ゆすいで
中にしまう。

ね、合理的で
いいでしょ。
でも使いそうに
ない。
でも処分する気が
今のところない。
うーん物の整理は
むつかしい。

近ごろの煎茶、
深蒸しだかなんだか
知らないけど、
きゅうすがつまる。
あれなんとか
なんないかなあ。
きゅうす、使いものに
なんない。でも捨てない。

ハハハハハ、
私もブランドもの使っていたんだ。
今じゃ倉庫でカビまみれ。
捨ててもいいけどね。

1年前に売りさばいた!
すごいことした!

大きいガラスの皿
値段忘れた。
友達の友達に
買ってもらったのだ。

オースターの
ジューサー
1000円
友達に買って
もらったよ。

ホットプレート
1000円
友達に買って
もらった。

首のところのひもを引っぱると
アイラブユーとかいくつか
しゃべる人形。
うちの犬が手とかかじってしまって
今はふろしきに包んでしまってる。
かわいそうでなんない。

いびつな皿。これでも外国製。
使わないからふきんに包んで
とってある。

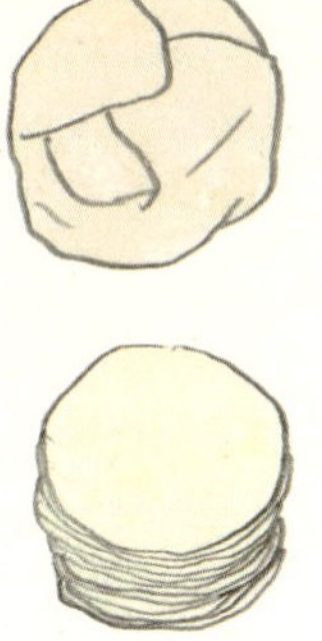

私が持っているルドフスキーさんの本
「みっともない人体」

猪熊さんの本
と「画家のおもちゃ箱」

高かったんだもん。
どちらも処分できない。

物を処分する前と後では
10キロはやせた気がする。
すーっきりさわやか。

フスキーさんからいろんなことを教えられたともお書きになっていました。私はルドフスキーさんに憧れ、時々このページを開きます。するとがぜん棚の中の物を片づけたくなり、棚に首をつっこむのです。でもま、私程度だからなかなかシンプルな生活にはなりません。

俳優の故沢村貞子さんが、老後ご主人と葉山に移られた時、着物も食器も本当にいるのだけになさったと、お話しされているのを読んだことがありました。私もそうありたい。

ルドフスキーさんと沢村さんが、私の目標です。

でも今日は二つも持っているデカンタを一つも処分できなかった。あれ高かったしねえ、持っているだけで格好いいような気がするしねえ。

ぜい肉は体ばかりにつくわけじゃないね。老人になったらスリムな生活が健康の基本と思う。

モノはいらない、気持ちが欲しい

会計士に会社の通帳を見てもらわねばならないことが生じて、記帳すべく銀行に走りました。四台もあるオンラインの機械の前には人の列ができていました。うわー困った……。見れば、カウンターは待人はたった一人だけの表示です。そこで記帳を頼んでみようと思いました。

順番のカードをとって待ちました。順番が来て、訳をいって頼むと、「カウンターでは取り扱えないので、機械でやってください」といわれたので、「機械の前はあの行列、といってるでしょ、だから、急ぎだからお願いします」と、もう一度お願いをしました。「いや、こちらではやりません。あちらに並んでやってください」。

カウンターの機械に通帳を入れるだけで、ものの一分もかからないで記帳できると思うんだけど、やってくれなかったのです。「これっくらいのサービス、してくれてもいいんじゃないんですか?」と思わずいってしまいました。そしたら、ティッシュペ

しまったしまった
会計士さんに叱られる！

あっ！たいへん

あんなことぐらいで
腹をたてたのが
今は恥ずかしい。

ーパーをくれるんです。「え？」とその人の顔を見直してしまいました。「私、いりません」と返しました。ものすご～く腹が立って、さっさときびすを返しました。ティッシュペーパーをくれることが、銀行ではサービスなのです。親切はモノをくれることなのです。世も末だねえ。

その銀行の隣に郵便局があります。東京は渋谷区の、それも今、格好いい街とされている、地方からだって、わざわざ見学にくる人もいる代官山の郵便局ですが、普通の郵便局なのです。オンラインシステムの機械は入り口に一台あり、カウンターの中には緑色の制服を着た、地味めの局員が、いちいち客の用事を聞いて処理しています。私も郵便為替(かわせ)の受け取りや支払いをすることもありますから、郵便物以外にも利用しています。

で、たまたま、振り込みと夫の通帳に預け入れがあり、窓口でこれもできますかと通帳を出してみました。「いいですよ」と普通という感じで、やってくれました。機械でやってくださいなんていわれませんでしたよ。

ある時、振り込みをいくつかして、事務所にもどってきました。その日は銀行でも支払いをしていたので、忘れるといけないからすぐに整理をしました。ところが郵便

局の控えが一枚足りません。何度も探しましたが、一枚足りません。落としてきたのかも知れないと思いました。郵便局に電話してみました。そしたら「大橋事務所さんですね、つい先ほど落ちていたのを拾ってくださった人がいて、もうそちらに送りましたから」ですって！　「えーっ、早速にすみません。ありがとうございました」とお礼をいって電話を切りましたが、考えてみれば、郵便局だから送り返すなんてなんでもないことかも知れません。でも、封筒に入れて宛名を書くのは、そう、なんでもないことではないと思うのです。月末でしたから、郵便局も一杯の人でしたもの。で、こういうのもサービスなのかな？　と思ってみたのでしたが、これは窓口でいちいち客と応対しているから自然に身についている親切なんじゃないかと思ったのでした。

親切って受けてみるといい気持ち。例えばこの日はなんとなくほのぼのしていました。親切っていいなと思います。

ところで近ごろ、モノを簡単にくれ過ぎません？　この前はある会に入ったら、会報を綴じ込むたいそうなホルダーが届きました。某マイラインに入ったら、タオルを置いていきました。いるかいらないか聞いてからにして欲しいと思います。あれはサービスとはいいませんのよ。販売促進というのだと思いますよ。

友達がヨーロッパで見かけて感激して話してくれたこと。

お年寄りが大通りの手前で立って誰かを待っているようでした。

むこうから若くてすてきな男の人が二人大通りを横切ってきました。

お年寄りが彼らに何か話しました。

男の人の一人がお年寄りに腕をかして、来た方にもどって行きました。

大通りを横断してしまうと
お年寄りはそのまま行ってしまい、
男の人はまた横断して友達の方に
もどり、二人何事もなかったように
どこかに歩いて行ってしまったそうです。

お年寄りは若い人の手を借りることを
ごくあたりまえだと思っているみたい。
また若者はお年寄りの手伝いを
あたりまえだと思っているみたいだったと
いっていました。こんなこと日本では
見かけません。

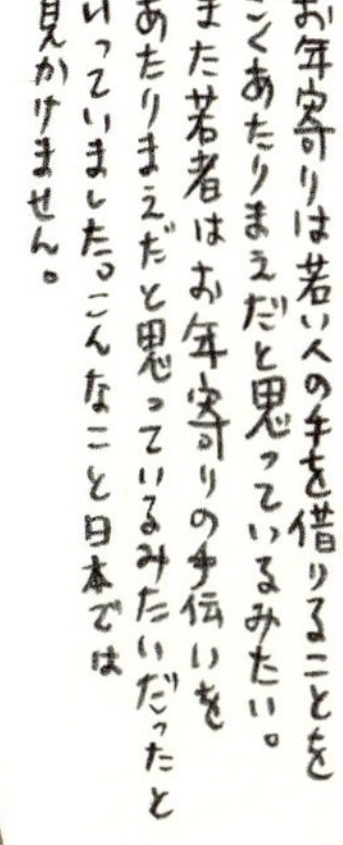

あれはセールスにひっかかったということなんだろうか？

私は毎朝配達される新聞に、はさみこまれてくるちらしを見るのが、わりと好きです。あれ結構社会勉強になるのですよ。例えば、不動産ので日本の経済状況を学び、美容エステのから今どきの女性の美の基準を知ることができますもの。

ある日ミシン販売店オープンのが入っていました。私ミシンを自宅に一台持っていますけど、仕事場にも欲しいと思っていたところでした。

というのは、夏に展覧会の作品を一部布でつくりましたが、開展の前日に飾りつけしたところ、筒状のひもの長さが足りなく、仕事場にもどり、近くに住んでいる友人にミシンを借りて、縫い足さねばならなかったのです。

友人のミシンはだいぶ古いもので、なんていうか使い慣れていないし縫いにくいのでした。ひえーとかぎゃーとかいいながら縫っていましたら、突然がしゃといって動かなくなってしまいました。さーて借り物を壊してしまった。作品もつくれなくなっ

てしまった。困りました。手伝ってくれていた若い人に近くのミシン店に直しに行ってもらい、作品作りは自宅でということにしたのでした。その時仕事場にもミシンがあればいいなあと思いました。

それでちらしにもどりますが、有名社ので、しかも定価五万円ぐらいもするものが、開店売り出しとかで九千なにがしを限定販売とあったのです。これを仕事場用にと思ってそのちらしの店に即電話予約したのでした。限定販売だから早めにと思って。販売員が使用説明するので品物を持って行くということでしたから、古いミシンの持ち主の友人を誘いました。

だって五万円のが九千なにがしで買えたらすっごい得じゃないですか。友人もそんなに安ければ買い替えもいいと思っているふうでした。販売員は中年の女性二人で来ました。むき出しの小さいミシンをかかえて。

で、彼女達はそのミシンで実演してくれて、ほらこれは直線も上糸下糸の調節がむつかしくきれいには縫えないのよというのです。また厚物は縫えないともいうのです。確かちらしには厚物も縫えると出ていたのにです。

彼女達はああだこうだといかにこのミシンがよくないかを漫才の掛け合いのごとく

借りた友達のミシン

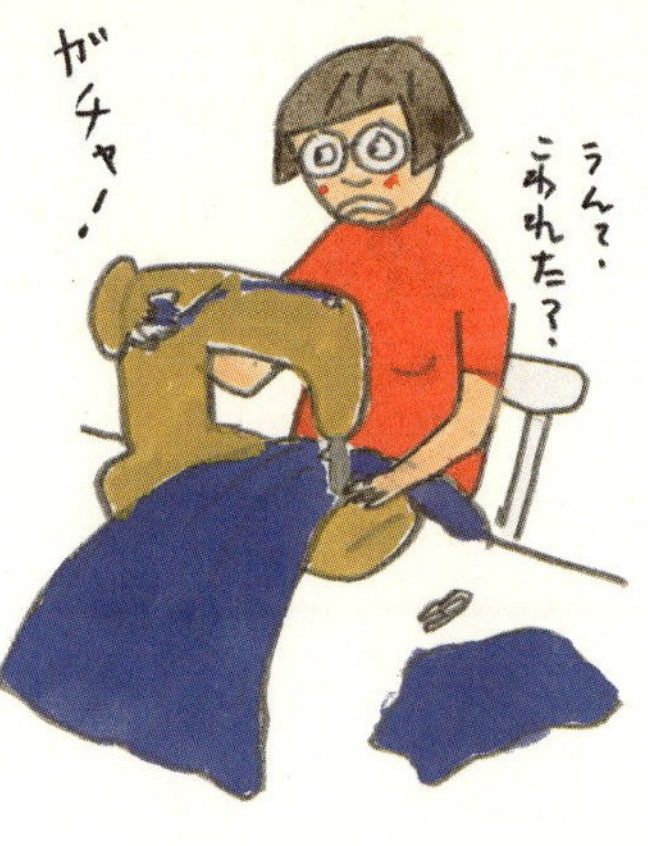

ごめんなさい。なおしたけどなおってないかも。

いいのよ大丈夫です。

前のはカタログ見て買いました。3万円ぐらいと思ったけど。

わーいやすい！

で、電話したら

セールスウーマンがやってきた。

〈ここは買いそうかナて〉

こんにちーわ

〈うまくいきそうよ〉

ね、これはうまく縫えないでしょ。
いいのを持ってきて。お見せするだけでもね。

これなんですよ。さっきもお客さんが気に入られて。

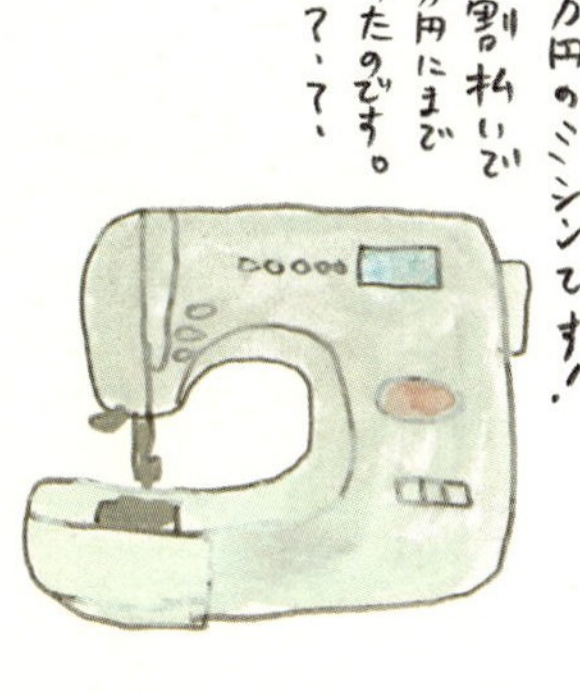
ジャーン
28万円のミシンです！
分割払いで
18万円にまでなったのです。
？、？、？、

つい・・・
これいただきます。
ハハハ

しゃべるのでした。そのうち私も定価五万円のことは忘れて、一万円でおつりがくるようなミシンなんだからそんなものだろうなと思ってしまうのでした。

それうまいセールスのながれなんですきっと。私が買おうと思ったのは、客引き商品だったというわけ。だって私それならちゃんと縫えるミシンてどんなの？　といってしまっていましたもの。

彼女達は私の反応に、おいでなさった！　てなものです。そして一人が車の中に用意していた高い値段のミシンを持ってきました。それからああ縫ってこう縫ってと私にレッスンさせるのでした。ね、いいミシンでしょ。二八万円だからねって。高ーいというと、一八万円にまけるっていうの。で、買ってしまったのですよ。

トホホホ、またやっちゃった

なんていうことでしょう、またもやセールスにひっかかってしまったのです。またもやといいますのは先月ミシンのセールスにまんまと乗せられてしまったばかりですから。私はどうも乗りやすいタイプみたい。

仕事場の電話機についてはここ数年セールスが頻繁で、はっきりいって理解を越える機能や設定の内容で、だからセールスマンに気を許すと、必要でも入り用でもないものを、受け入れてしまいそうになります。とにかくインターネットが仕事の中に入ってきたことで、それにマイラインとかになったことで、電話機まわりが複雑になりました。あれよくわからない。わからないからこんなことになる。

まあそんなことは私の問題ですから、今回、内容についてはお話ししませんけど、さっき、セールスにひっかかるというのは、ひっかかる条件が整っていたからだったことに気がついたのです。もちろんこれは私の軽率さのせいなのですが。

私だってパソコンを使う。
でも機器の設定など
ぜーんぜんわかりませーん。

セールスマンは
いい人そうな人が
成績がいいと思う。
私なんかつい イエスと
いっちゃう。で大失敗を
する。困ったことだわ。

原稿〆切りを忘れることは
たまーにあるのです。

どういう状況であれ
正しい判断をしなければ。
でも60才になっても、
失敗ばっかりなのです。

気になって眠れない。
とうとう一睡も
できなかったのです。
気が小さいからねえ。

私が海外に仕事で出かけている間にセールスマンがやって来て、アルバイトの女性にもっともらしい話をしたようで、私が帰ってきて仕事場に出る日（今日）に、女性はセールスマンと私と会う約束を取り付けてしまっていました。

セールスマンがやって来ました。私といっしょに仕事をしているスタッフが話だけでも聞きたいというので、あがってもらいました。すぐすむと思いましたけど、複雑で長々となり、一カ月に一度やってもらうハウスクリーニングの女性達が来てしまいました。

仕事場は人でごちゃごちゃになりました。私は彼女達が私達のまわりを掃除しているのが気になってしょうがありませんでした。そのへんで契約書にサインし、印鑑を押してしまいました。なんの確認もしないでです。内容が書き込んでない紙にです。

電話がなりました。原稿の催促でした。私締め切りを忘れてしまっていましたから、動揺しました。すぐ仕事にかかれる用意をし始めました。続きはスタッフに任せたのです。控えの紙をセールスマンが私に渡しました。まったく目を通しませんでした。私は原稿のことで頭が一杯でした。で、帰り際もう一枚渡され、それにも目を通しませんでした。

そのあと予約してあった歯医者に行き、もどってから、三人の来客と会いました。だから契約のことは考えませんでした。で、このことをおかしいと思ったのがなんとベッドに入ってからなのですよ。

ハハハ、笑っている場合じゃありませんけど、突然控えをチェックしなければと思って、着替えて、仕事場に車をとばしたのです。車の中からスタッフにも電話をしましたら、やっぱりこのことを考えていたということです。けどクーリングオフがあるというのです。でも書類に目を通したら、問題が見つかり、その上解約はなしのところにマルが付いているのでした。ジャーン！

明日私の弁護士に相談しようと思っています。

なにかまずいことが起きる時は、そうなるように運命が設定されていると思う今日でしたよ。

書面を見るために
仕事場に車を
走らせる。

ふっと、昔ストーブの火を
消しそびれたと思って、
夜中に仕事場に
タクシーで行ったことを
思い出した。
夫も一緒。

一晩寝なかったら
10才ぐらいも年を
とってしまった感じ。

スタッフはキャンセルしたいと
きちっと話していた。
すごーく丁寧ないい方で。
たよりになるなあ。
で、一応決着がつきました。
ヤレヤレ。

〆 だれだって

だれだって年はとる

気になっている若い人の再就職を知人に相談したら、「うーん、十二、三年のキャリアということは三十を超えているってことでしょ、むつかしいなあ。三十過ぎていると給料はそれなりに出さなきゃいけないないし、もちろんキャリアがあればその分プラスしなくちゃならないし。今はなんていうか若くて発想のいい子もいるから、そういう子に適当な給料で働いてもらうほうが、いろんな意味でいいんだ」ということでした。

話の感じでは、三十過ぎると若者じゃないととらえられているのでした。びっくり。でもまあ確かに二十代から見れば若くはないか、と知人の話を聞いて、あらためて三十代は大人という認識を持ったのでした。なにしろ私は三十の倍の六十。いえあと数日でそれにプラス一なのですから(二〇〇一年某月某日)、三十代なんて若者以外のなにものでもないのですよ。

本当はその若い人の再就職の世話どころではありませんでした。気がついたら、め

っきり新しい仕事の話が少なくなってきている私なのでした。トホホホホ……。このままじゃ事務所を閉めなきゃいけなくなるかも、なんてこと、考えなきゃいけないかなあ。たまたま時代が時代で、広告業界も閑古鳥らしいから、おいしい仕事を期待するのは無理ですし。いややっぱり年だから仕事がまわってこないんだ。うーん。

ふと「まだまだ若い者には負けやせん」という老人のいい種を思い出しました。私だって内心そう思っていなくはない。けどそう思うのは老人になった証拠で、三十代が二十代にはいわないフレーズですよね。

それにしても年をとるということは老けるということなんですねえ。あたりまえのことではあるんですが、気持ちが外見についていかないのです。もちろん六十になって急変したわけではありませんよ。三十代、四十代、五十代と順に老けてきたのですから。気持ちがついていかないといってもまさか三十代の気分はありません。ちょっとは四十代の気分が残っていて、五十代はだいぶん残っていますけど。でも外見は六十歳なんですよ。

さて今のところは、これからの生活図をつくらなくっちゃと思っています。六十になって二十代向けの雑誌の仕事がこないことに気づいて「まだまだ若い者には負けや

熱海の老後の家と思って
建てた家を手離した。
60才になったら、老後の計画が
変わってしまったから。

いい家だったなあ。

今60才
70才になると‥‥

今5才と5ヶ月
犬の15才は人間の80才ぐらい。

これ何しているかというと
うちの犬が床に寝ている時
後ろにこうやって私も寝てみる。
生きものは あたたかくて やわらかい。

いっしょに
年とっていこうね!

うちのごはん
（若い時は必ず肉のおかずがメインだった）
なっとう
きゅうりの酢のもの
あじの開き
切り干し大根の炊いたの
おまえ口のとこにしわがある。
ふーん 年とったからねえ。
今気がついたのですが、私の友達みーんな年下です。ハハハハ
この前 老夫婦でオープンカーにして、代官山まで行っちゃった。

せん」のにと思うのは、若い者に負けてるってことですもの。六十のイラストレーターはやっぱり六十のイラストレーターなのですよ。

ファッションデザイナーのケンゾーさんがリタイアなさった時、ショックでした。五十代で引退を考えておいでだったのかなあ。若い人向けの服のデザインは無理と思われたのかなあ。もう充分仕事はなさったからかなあ。あれはちょっとショックでした。

先日セカンドハウスだった家の掃除をリタイアしたグループの人にしてもらいました。若者とは違っててていねいだろうから、きれいになっているにちがいないと思い、見に行きました。やり残しが多いのでした。私がやったほうがず〜っときれい……でした。仕方なく専門の業者に再度やってもらいました。感覚の仕事だけじゃないということなのです。

三十代のお若いの、めげずに生きていこうね。いっしょにしないでっていわれるかな。

年をとると友達なしでは暮らせない

私仕事をしているのでなかなか友達と会えません。今度ご飯でも食べようねなんて口ばっかり。もっぱら電話で友達の絆を繋いでいるのです。

先日も電話でAさんと雑談しました。で、その時Aさんが、Bさんと会ったんだけど、近ごろ昔からの知り合いと話しているとほーっとするといいました。

実は私とAさんは二十代の時知り合って仲良しになったけど、三十代で小さないさかいをして、約二十年近く没交渉でした。でも五十代のある日なにがきっかけだったか忘れましたが、また復活できたのでした。このことはうれしいことでしたから、AさんのBさんとの話を聞いたとたん、よかった！　Aさんとまた友達になれてっていってしまったのでした。そしたらAさんが、私至らないとこ多かったからというようなことをいうのでした。そんなことないよと私いいながら、仲直りできて本当によかったとあらためて、思ったのでした。

仕事に疲れると
友達と話したくなる。
私の場合電話でだけどね。

電話だと
どんな格好をしてても
相手に見えないから
リラックスして
話せるのです。

夜はたいがい家族と食事する私は、
友達たちと昼食をする。

中年以上の女性達は
ショッピングもグループでする。
きっと一人だと心細いのかも知れない。
さびしいね、年をとると。

先日夫の倉庫兼アトリエと、それにおまけみたいにくっつけた私達のセカンドハウスが完成して、貸し倉庫に置いてあった荷物の引っ越しをしました。その時生活道具の荷物の整理を、約三十年もつかず離れずでつき合ってくれてきたCさんに手伝ってもらいましたが、長年の知り合いは私の欠点も充分承知だから、なんでも任せることができて助かったのでした。こういう友達がいる私は幸せ。

先日地方に住む友達が亡くなりました。その友達とは十年とちょっとのつき合いでした。すてきな人でその上奥ゆかしい人柄の人でした。いつからだか親戚みたいなつき合いになっていたのでした。そんな大事な友達の命が残り少ないと分かった時、なにも助けることができなくてつらかった。力になってあげられないもどかしさに悶々としているうちに亡くなってしまったのでした。友達がいのない私だったのでした。今は電話をかけても声すら聞けません。亡くなるということはとりもどせないことなんです。

友達Dさんは、あの人より生きさせてもらっている私達のこれからは、おまけの命なんだから良く重ねなくちゃというのです。それがあの人が残してくれた力というのです。友達もDさんも五十代、私は六十代。Dさんはまだおまけの命ではない年齢だ

と思うし、友達の死が惜しくてつらいのは彼らが五十代だからと、私はDさんのきれいなまっすぐな目をのぞきこみながら思うのでした。

そうなの、なぜかこの前から、夫が「むーらのわたしのせんどうさんは　こーとし六十のおじいさん」と歌って、「この歌のおじいさんは五十九なんだよね。昔は五十九はおじいさんだったんだあ。おれ達このおじいさんより年上なんだよ、ハハハハ」と苦笑していたけど、これは私達にはすでにおまけの年という気持ちがあるということです。そしてあと十年生きられるといいとも話してるのです。

友達は医者から一年半ぐらいの命といわれたといっていました（ご主人は数カ月と聞いていたらしい）。でもしゃんとしておしゃれして前向きに暮らしていました。日々を大事にしようと思う。

友人達にたくさん力になってもらっていることを、有り難く思う日がこのところ続いています。

必ず飛行場まで出むかえてくれた
友達。お葬式の時、出むかえの
人達の中に、友達の姿をさがして
しまった。分かっているのに・・・。

友達とホテルのティールームで
ロイヤルミルクティを飲んだのが
最後だった。
友達はやせていたけどすてきだった。
もう一度会いたい。

友達のとこのくるみちゃんという猫。
片足を交通事故でなくしたそう。
しばらくお母さん(友達)を
さがしていたそうです。

うちのダルマーは
うちの子供であり
私達の友達でもあるのです。

朝食の後片づけの時
「むーらのわたしの…」
とうたう夫です。

この前さあ、おじいさんに
おじいさんていわれたと夫は
笑っていってた。
90才まで生きられたらいいね～
おじいさんと私はいった。

とうとうシニア料金で映画を観たんだ

日曜日、久しぶりに映画を観に行きました。去年の秋のことですが、岩波ホールでやっていた『山の郵便配達』を観に行ったのだったけど、超満員であきらめて、以来です。

今回は夫の観たい『ハリー・ポッターと賢者の石』。子供の映画だよ！　と反対をしたのでしたが、どうしてもというから、つき合いました。

私は『アメリ』とか『アモーレス・ペロス』とか『うつくしい人生』とか『落穂拾い』とか観たかったのです。夫はアクションものとか空想ものとかが好きです。で、『インディ・ジョーンズ』のような映画だと思っていたらしいのです。

切符を買う時になって、私達は共に六十一歳ですので(二〇〇一年某月某日)、シニアの割り引き切符で入れることを、思い出しました。夫にシニアだよと声かけましたら、え？　という顔をして、それからうれしそうな顔になり「シニア二枚」といいま

した。それから「身分証明書いる？」と窓口の女性に聞きましたが「いいえ」といわれたのに、「ぼく六十歳に見える？」と聞くのです。その女性、変な年寄りと思ったでしょうね。横で「見えるに決まってるじゃない」と私がいうと「だってさ、ごまかす人がいるかも知れないでしょ」とその女性に聞こえるようにいうのでした。

このことは後で、シニア料金で映画が観られるのに年をとっていると思われるのが嫌で、大人料金で観る人ならいるかも知れないけど、まだ六十歳になっていない人がシニアでは入らないよねえと、友達と話し合ったのでした。

五十九歳の時はたいがいの人が、まだ私は五十代よとつっぱっているじゃないですか。一歳なんてぜんぜん変わりはないよといおうものなら、いえ違います！私はまだこちら側です、と胸を張るのです。だからごまかしてシニア料金で映画を観る人はいない。だから窓口の女性達は、年齢の確認などしなくてもいいのです。シニアに関してはね。

とにかく初めて私達は老人サービスを受けたのでした。なんか何故か楽しかった。ちょっとこそばゆくてついイヒヒと笑いそうになりました。私らシニア料金で映画観ちゃうものねとあちこちに携帯電話をしたくなるほどのうれしく変な気持ちでした。

ボク
60才に
見える？
身分証明書
ほんとに
いらない？

ん、もう！
恥かしいよ!!

混んでいたので、結局指定席の
券を買ったから、普通の大人
料金になった。

ま、年寄り向けの
映画じゃなかったね。
終ってしばらく無言。

満足しなかったうめ合わせに
フルーツパーラーでスイーツを
食べる。

夫はこのババロア
まずい！とますます
不満足。

来年40才になる知人二人。
信じられなーいとなげいている。

20代40代60代は、信じられなーいハードルなのかも。

21才41才61才になったら
ぜーんぜん問題なくなじんでいる。

年とったから、
身だしなみには気を配る。
どう？ 変じゃない？と
夫は私に聞く。

私は出かけに靴棚の
裏についてる鏡に
どう？ 変じゃない？
と聞く。

きっと老人の自覚がないからです。まだサービスを必要としていないからです。

サービスといえば私が住んでいる世田谷は、新聞に、「せたがや」という区のおしらせが折り込まれて届きます。老人向けというわけではないのですが、お芝居やら美術やらの情報が載っています。見ていると仕事ができなくなっても、楽しく暮らせそうに思う。もちろん健康でさえあればですが。

さて『ハリー・ポッター』の映画はですねぇ、やっぱりお子さま向けでした！　さらりとしていた。余韻がなかった。だから子供向けといったのにー。

「今度は『落穂拾い』を観に行こうね」と夫にいったら、なにそれ？　という顔をされちゃった。でもいい映画と評判のを、この年だったら観なくっちゃ。

さーていつにしようかな？　なんかサービスってうれしい。

イヨーッ男前！

石津謙介（いしづけんすけ）さんが某女性誌の「年の重ね方にはコツがある」という特集で「六十歳からのおしゃれはどうすればよいか？」と聞かれた時、「平日はビジネスウエア、休日はスエットしか着たことがない男性、四十代・五十代をおしゃれに無関心で過ごしてきた人が、六十を過ぎて突然おしゃれになれるわけはない、もう手遅れです」と答え、充実した人生を生きてきた人は何を着てもカッコよく見えるし、そうでない人は何を着てもカッコよくなどならないと、冒頭で書いていらっしゃったのです。本当のことだと思う。あんまり本当のことなのでチクチク胸が痛みました。

おしゃれも人生も手遅れの年齢があるということなのですねぇ。

男性のおしゃれと女性のおしゃれは違います。根本的なところでまったく違うと思います。男性らしくと女性らしくは全然違うじゃありませんか。

で、私がず〜っと思っていることは、六十代以上の多くの男性の格好がおばさんっ

夏ならコットンニット
冬ならウールニットの
タートルは
おしゃれです。

シャツは
色ものも
すてき。
是非
はっきりした
色のを。

ジップアップの
ジャケット。
しっかり首まで
かくすから、
恰好がつくんです。
フリースでもニットでも。
出来るだけシンプルな
ものを。

パンツは
チノのようなので
十分。
夏用と冬用が
あれば十分。

靴はちゃんとした
ものをはきたいもの。
足元を見るって
いうじゃありませんか。

靴下は
きれいで
はっきりした
色のものを。
シャツ等に合わせた
色のにすると
ウキウキします。

ぽいことです（男前からほど遠い）。

あれは奥さんがおばさん感覚で選んだものを着ているせいと、はっきり申し上げましょう。普通の男性にはない選択感覚ですもの、あれ。もちろん奥さんが悪いわけではありません。自分の着る服さえ選べない男性のせいです。

それにしても自分を見せる衣服を奥さん任せにしていて平気というのは、気持ち悪いですよ。それってまるで自分がないってことでしょ。家事一切を任せてきたんだから、命をつなぐ食も任せてきたんだから、これでいいのだ、とおっしゃる人もいるのかな？　そうなら、あの格好は超カッコ悪いですよって申し上げます。家事も食もプライベートだけど、外出着は社会性を考慮しなければならないものと私は思うのです。

着物の時代、多くの日本の男性はそれをやっていたけど、着物は洋服とは違います。太宰治（だざいおさむ）が、単衣（ひとえ）の季節になっても着るものがなく、奥さんが仕方なく、奥さんの着物をほどいて仕立て直してくれたのに、気に入らなくて不快だったと書いていました。

着物の時代は母親や奥さんが用意するのが普通でした。でも当時の男達がおばさんっぽくならなかったのは、まず素材には男ものと女ものがあったからなのです。男ものは女ものよりぐんと質がよかったのです。男ものの中から選んで男仕立てにすれば、

おばさんっぽいなんてことにはならないのです。太宰治が気に入らなかったのは女もののの布だったからじゃなかったかと思う。

男の背広が男っぽいのは、男ものの布を男仕立てに仕上げるから。洋服でもやっぱり男ものの布は柔(やわ)じゃないのです。女ものより上等が通例です。そして背広が肩パッド入りの力強いフォルムでしょ。色もたいがいは地味。ネクタイだけに色や柄をもってきて決める。だから背広はどんな男も男前に見せますのね。

でも、その背広を着なくなった年代の男は、奥さんが家計費から捻出(ねんしゅつ)した予算に見合った衣服を買って与えてくれるのを着る。小耳にはさんだのですが、ご主人より奥さんの衣服代のほうがず〜っと上なんですって。ご主人のは安売り店で、奥さんのはデパートでってことも多いとか。

それじゃ男っぷりが上がるわけはないでしょう。

私は女ですから、年とったいい男がうようよいたらいいなぁって思う。男は顔じゃないといいます。つまり、いい男に見せるには衣服しかありませんもの。馬子(まご)にも衣装っていうじゃありませんか。熟年の男性達、着るものぐらいはご自分で選んでください。売り場の鏡の前で着てみて選ばなくちゃ、似合うものは見つかりませんのよ。

私は石津謙介さんより甘いから、人任せをやめて、学んで、少しでもその気にさえなればおしゃれは手に入れられるといいたい。

あのですね、おしゃれってなかなか楽しいのです。格好いいなんて一度でもいわれてごらんなさい、絶対元気になります。元気も着るもの次第と思います。

私の友達は、奥さん方は自分の服にお金をかけないで、ご主人のにかけなさいっていうのです。殿方を見ると奥さんが見えるって。

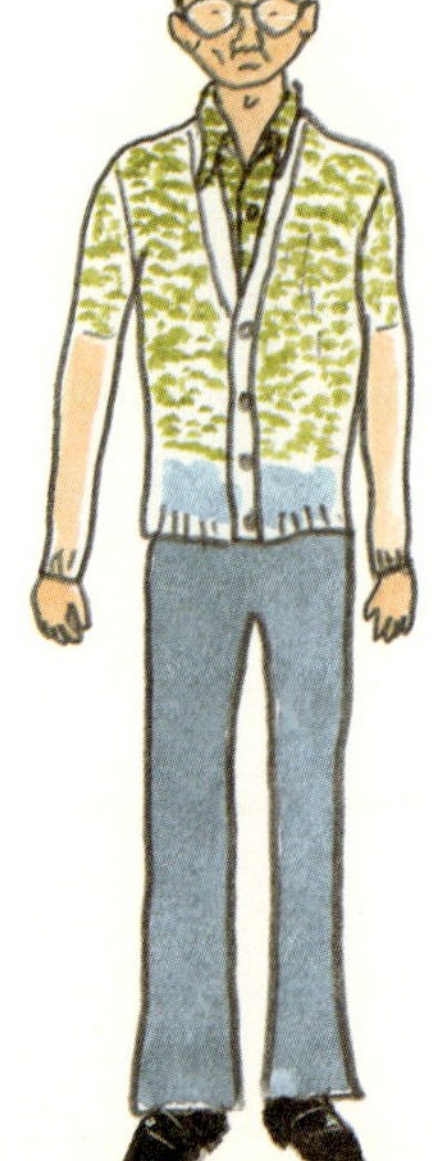

やめてよーっといいたくなる服は透けるカーディガンもひとつ。全然おばさんぽい。それからにごった色や小紋調は男前に見えない。

色は大事。
なにしろ髪も肌もつやがなく
なっていますから、顔に近い色は
はっきりしたものにする。

出来るなら
質のよいものを選ぶ。
やっぱり着ごこちもいいしね。
着ごこちいいと気持が明るくなる。

もうひとつ色のことですが、
自分に似合う色をさがすこと。
それから服の形は男のは
ベーシックなのでよいと思う。

ぺろぺろとタラララン♪で元気になるんだ

だいぶ前だけど、NHKの「クイズ日本人の質問」の問題に、スキーヤーの三浦雄一郎さんのお父さま（お名前を忘れてしまったので）の秘密で、答えは「朝起きると、舌を一二〇回ほど出す運動をしていらっしゃる」が出ました。それをすると、口のしわが深くならないのだとおっしゃっていました。九十歳をずーと超えていらっしゃるようには見えないし、いいお顔をしていらっしゃいました。で、舌出し運動なんて簡単じゃありませんか。しわが深くならないのなら、私まねてみようと思ったのです。

翌朝、早速舌出しをしてみました。二〇回ぐらいすると舌が疲れて痛くなり、それ以上は出なくなりました。一二〇回どころか二〇回で根を上げてしまいました。えーっ？　こんなはずじゃなかったのです。翌朝は三〇ぐらいはなんとか頑張ってできました。七〇ぐらいまで頑張りたいと、むきになりました。二、三日したら、舌や口のまわりの筋肉が痛いのです。筋肉痛というのでしょうね。舌出しも筋肉痛になるんで

す。毎朝続けていましたら、どんどんできるようになりました。

それで思ったことですが、舌の筋肉が鍛(きた)えられると、健康になる。しわのことはさておき、顔の筋肉もしっかりしてくるから、健康に見える。それに舌出しを終えると唇が赤色になっているのです。きっと血流が活発になるのです。本当に元気になれそう。だから今朝もぺろぺろぺろ。

年をとると体がいうことを聞いてくれなくなりますが、筋肉さえ鍛えれば、かなりいうことを聞いてくれるようになることが、舌出しで分かりました。

私一日中椅子に座っているので、膝(ひざ)が弱いのです。階段をおりる時キリリッと痛みが走る時がありますもの。膝の筋肉を鍛えなければなりません。ジムに通うのは、続きません。

で、思いついたのが、ツイスト。なんですか？　とおっしゃる方も多いでしょうね。一九六〇年代の初めに学生だった私は、ダンスパーティで、ツイストを踊りましたの。ツイストは片方の足に重心をのせて腰を振ります。すると上半身と下半身がツイストする（ねじれる）。リズムにのってそれを繰り返すだけのダンス。

久しぶりに、鏡の前でツイストを踊ってみると、足が動きません。よろける。腰の

1、2、3、4……
20…26…27……

マイッタナア。

あれーって、
30だったっけて、
何故か舌だしの回数は
途中で分かんなくなる。

舌だすのが
かなり力のいる
ことだからかって…

疲れて痛い…

でもね、これがいいの。
運動になってるって
ことでしょ。

少しはしわがなおったかなあ。
なおるわけないのに、
じっと鏡を見てしまう。

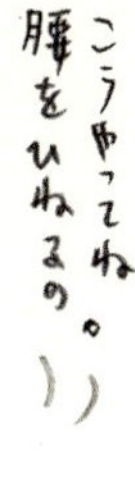

もひとつの元気の素は
友人からヨーグルト菌が
まわってきた。ヨーグルトは
買うものじゃなくて、つくる
ものになった。
あのヨーグルト、体に
いいみたい。

オレは売ってるのがいい。
つくったのは
召し上がらない夫。

私は元気。
これからも、
きっと元気よ。ねぇ
ダルマー
（犬の名前）。

動きに足がついてこないのです。イヤーこんなはずじゃなかった。これはまずい。完全に足の老化です。

その日から毎晩寝る前に、一人でタラランランラ、タラランランラ。だんだんよろけなくなってきました。特に弱かった左足だけで腰振りをしても、大丈夫になりました。

やっぱり鍛えなければ動かなくなるのです。いえ鍛えれば動くものなのです。

夫を誘ってみました。ほらこうやって踊ろう、と踊ってみせました。しかめっ面されて、横向かれてしまいました。なんで?

若いのも年寄りも年はとる

私には十月に三十五歳になった息子がいます。バツイチというのですか、離婚歴があり、今も一人暮らしをしています。で、誕生日は親子三人でワインとピザでお祝いしました。

息子を生んだのが夫二十六歳、私二十七歳でした。彼が三十五歳ということは、今夫六十一歳で、私六十二歳ということになります（二〇〇二年のこと）。

親から見れば幾つになっても息子は子供ですから気掛かり。

それなのに息子が、この年になると親との年齢の差が縮まった気がするというのです。子供の時はすごーい差だと思っていたけどというのです。二十七歳の差はたとえば十歳の子供からしてみれば、永遠に遠いものです。きっと異次元ぐらいかな。だから、そのことについては考えることもなかったでしょう。縮まったといって、三十五歳が六十二歳を理解できてるとは思えませんが。

知人が働いている
イタリアンレストランで
息子の誕生日
を祝う。
フム、35年も
たったかと
親は心の中で
しみじみ。

思い出せば
いろいろあった。
でも息子を
持ってよかった。

息子行きつけの
バーで。
親はちょっと
そわそわ。

かおりのよい
ウィスキーだった。

息子が大人になるということは、
親は老いぼれるということ。
つかれた・・・

だいじな犬のこと。
外で食事をする時は、
夫が夕方の散歩を
してから街中に出てくる。
多分寝て待ってる。

私は六十歳になって六十歳がどういうことか分かったような気がしました。五十九歳と一歳しか違わなくても、五十九歳の時には分からなかったことがあきらかになりました。

六十歳は老人なのでした。五十九歳と六十歳はエリアが違うのでした。このことは私のとらえ方かも知れませんけど、私はそうでした。ちょっとショックでした。でも人間て変ですね。六十二歳の今は老人でいいと思っています。ただ私らしい老人ならいいと思っています。

それにはつとめて誠実でありたいと思うのです。自分がやれることはできるだけやろうと思うのです。それが私らしいと思うのは、傲慢(ごうまん)かも知れませんけど、前から不誠実も怠(なま)けるのも嫌いだったからです。だけど若いエリアにいた時は、気づかずそれをやってきたような気がするのです。思えば困ることや気分の悪いことからは逃げていましたもの。嫌なやつと思われているなと感じることもありますもの。もちろんそれは私が嫌なやつだったからだと思う。そういうことが今のエリアに移って、うんと気になるのです。

だから、これからの私はできるだけそういう失敗はしない。

六十歳になって切実に思ったことは、二十年先を頭の中で描くのはむつかしいということ。たとえ生命があったとしても、感覚的なことではかなりむつかしいです。だから今どうするか。今日どうあるか。明日は今日より衰えているから。いちばんいい自分は今。だから、今なにをするか。(あーあ)腕の皮膚まで老人しているのを発見した時、明日は今日より老化してると、あたりまえのことに気づきました。

これに関しては自然に任せるしかないけど、今日をよしとしたら、今日やれることをやる。二十年先が描けない年になったのだから、今日怠けられないと思ったのです。

ピザを食べてから、息子が行きつけのバーに案内してくれました。ほんとはとーちゃんもかーちゃんも連れて行きたくないんだけどね、といいながら先を歩いていく。想像したよりずっとカッコいいバーで、親が飲んでいるウイスキーより、格段上のをボトルキープ。親はとまどいますよ。香りを楽しむ口細のグラス、おとうさんはそんなふうにウイスキーを飲んだことはない。

息子が大人に見えました。三十五歳か……。帰り道、夫が急に老けていました。たぶん私も。

家に帰ると大喜びの
愛犬が出むかえてくれる。
もうすぐ7才だけどあごの下に
白毛が出てる。

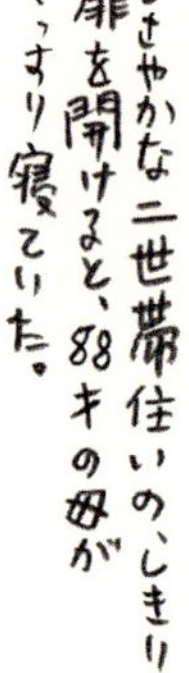

ささやかな二世帯住いの、しきりの
扉を開けると、88才の母が
ぐっすり寝ていた。

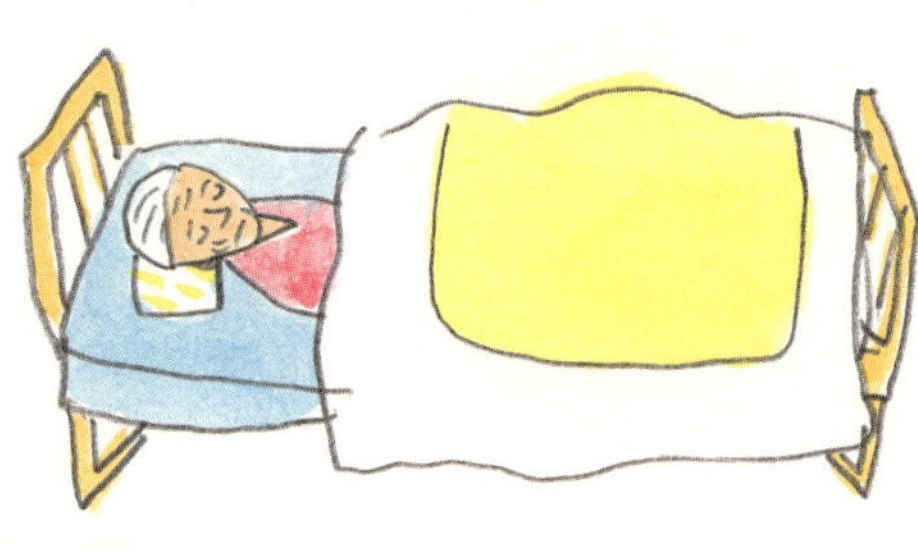

5　いつの間にか

いつの間にか年をとった

私は二十七歳で息子を生みました。一九六七年のことでした。

私は当時男性週刊誌の表紙の絵の仕事をしていましたから、育児に専念できませんでした。育児の時間がなかったわけではありません。紙の上に絵を描くのは一日もあればできたのです。七日のうち一日だけ仕事をすればよいなら充分育児の時間はあります。でも一日というのは作業にかかる時間のこと。

男性週刊誌の表紙の絵を描くということは、気持ちも頭もそのことに向いていなければできないのです。はっきりいえば育児感覚ではその仕事はできないのです。

だから私は育児のほとんどを母に任せていました。といって私に母性愛の感情がなかったわけではありません。自分の息子という認識は当然ですけどありました。息子はとても愛らしかった。いつもいっしょにいたい。ミルクをあげて、おむつを替えて、話し相手になって、抱いて、寝かして。普通に育てたいと思う気持ちはありました。

けれど私の中にもうひとつの意識が強力にあったのです。母にも夫にも手伝ってもらえないこと。他のだれにも代わりになってもらえないこと。絵です。私にしか描けない絵です。よい絵を描かねばならないという意識。

じゃあ何故子供を生んだのか。どうして避妊しなかったのか。

実はそこのところはお気楽だったのです。子供はいらないと思ったことは一度もありませんでした。むしろ子供は生みたいと思っていました。生んだあとのこと、子育てや仕事のことを深く考えていなかっただけでした。

生まれた息子は小児喘息(しょうにぜんそく)でした。夫の姉と弟が喘息でしたから由緒正しい喘息体質というわけです。このことは母任せにできませんでずいぶん長い間治療に通いました。それでも私は夜遊びをしていました。よい絵を描くために。

帰宅すると息子はベッドの上に座ってヒーヒー泣いていたことが度々ありました。母も夫も何故か手を尽くしてくれていませんでした。だから夜中に世田谷から新橋の病院までタクシーをとばしたことが何度もありました。今こうやって考えてみると変な家族だったのです。

一九七一年の夏に週刊誌の表紙の絵の仕事からおりることを決めました。育児のた

めではありません。雑誌の方向が変わったからでした。一九七一年十二月いっぱいでやめました。

私の描く絵は時代の風俗でした。一九七二年はニューファミリーとして若い家族をターゲットにした商品展開がされ始めました。私の絵に子供がまざります。ちょうど自分の生活を絵にすればよかったのでした。

「生活の絵本」というニューファミリー雑誌の表紙もさせてもらうことになりました。男性週刊誌の絵の時のような緊張感はありませんでしたが、仕事は家事や育児のついでにするというわけにはいきません。外に仕事場を借りて通いました。だから自分の生活を描けばよいという仕事になっても、家事と育児のほとんどを母に任せていました。でも息子のことをいいかげんに思っていたわけではありません。いつも頭の中にありました。仕事と息子が私の中で始終もつれ、葛藤（かっとう）していました。

息子が小学二年から五年までの三年間、仕事場に住まいを移したことがありました。その方法は結果として私も息子も心身の疲労に終わりました。

中学に入って友達の家でお酒を飲み、それが学校に知れて問題になり、その後息子は少々むつかしい方向にずれていきます。この時点で私は、今までの私の母としての

お待たせー
子供を抱いて
仕事の打ち合わせに
行ったことがある。

仕事と子育て両立は
なかなかむつかしかった。
でもむつかしかった分、プラスに
なったこともあったと思う。

デパートのおもちゃ
売り場で、
興奮した子供が
おしっこをしてしまった。
私若づくりだったから、
店員さんが
すごーく親切だった。

あり方が間違っていたように思ってしまうのです。私が仕事をしていなければ彼はまっすぐに育っていたんじゃないかと。だからその時点でできることをしようと考えて、自宅に仕事場をつくりました。けれど息子のひとつの時代は始まっていたのでした。行きたいほうに向いてしまっていました。仕事を大事と思ってやってきた私は間違っていたのか？ 息子に重い荷物を担がせることになったのか？

幻冬舎から『おしゃれにうつつ』という本を出してもらいましたが、その中に今まで描いてきた絵をはさみました。あらためて見てみると、すばらしい仕事に恵まれていたと思いました。私の人生に仕事はないことにはなっていなかったと思う。そして息子の人生もこれでしかなかったと思うのです。

息子は三十を超えました。もちろん私の子育てはとっくに終わっています。私は六十代。実感はまだありませんが人生の終端期です。息子のことと仕事のことがなによりも大事と思ってやっていたら、私は年をとっていたのです。少し腰を下ろしてこれからのことを考えたいと思います。ああ遠くに来てしまった。いつの間にこんなに遠くに来てしまったんだろう。なんだか人ごとのような今です。

私年金をこぼしてしまった

私、老後の生活費の予定がゼロです。だって働いていたら、生活費は大丈夫と思っていたのですもの。ところがどんなに働きたくったって、仕事をもらえなかったら、生活費を得ることができません。どうも年とったら仕事はこないらしいことがこのところ分かりました。アララ。

私、実は国民年金に入っていません。若いころ入っていたのですが、なにかの時にこぼしてしまいました。何度かチャンスはあったのですが、面倒で手続きを怠(おこた)りました。そのまんまなのです。

友達が六十五歳になったら年金をもらえるのよ、楽しみなのといいました。それで急に年金て入っておいたほうがよかったんだと思ったのです。六十五歳なんて、四十五歳ぐらいのころには、ずいぶん先のような気がしましたが、あと数年でなっちゃうのです。はやいなあ年をとるのは。

友達は、それがあれば映画も行けるし、たまーに旅行にも行けるし、とにかく安心というのです。

その友達は、親から受けついだ財産管理という仕事があって、年金なんかなくったって、ゆうゆう楽々老後がおくれるはずなのに、年金が楽しみというのです。私あせってしまいました。

私の母は八十五歳です(一九九九年某月某日)。肘を痛めただけで体が衰弱して、もうだめかと思うことがあったり、ころんで足を痛めたら、気力が弱って、このまんま死んでしまうかもと思ったりしたのでしたが、元気に回復しました。見かけはやせているのでいかにもおばあさんですが、趣味の踊りに燃えて、頑張っています。母にはたくわえが少々あり、私から渡す生活費と年金があり、経済的には心配がありません。ゆうゆうです。

母のたくわえ(といっても倹約すれば死ぬまで食べていける程度)は、ためこんだものと、昔商売をしていた、地方の土地を売ったものとで、ある日娘の私が死んだとしても生活費に困ることはないのです。このことは年寄りには大事なこと。安心なことです。

いつの間にか
家には
おばあさんが
二人になっちゃった。

動けなくなる前に
片づけとかなきゃ。
ちょっと早すぎるかしら。

息子はちゃーんと年金に入っている。
オレタチが老人になった時、
もらえるかどうか分かんないけどさと
いっているけど。

で、おかあさんは
大丈夫なので。

大丈夫
大丈夫。
おとうさんも
いるしね。
（ホントニダイジョーブナノカシラ…）

老後にお金がないといちばんみじめよねえなんて母にいっていたこの私が、えらいことだこのまんまじゃ。パッパッと使わないでぜいたくしないで、少しでもためなきゃといったでしょ、って母にいわれる度、またこんな着物買ったの！　高かったでしょ、と眉をしかめられる度に、働いているからいいのよなあんて、強気だったあのころのことを、それみたことかといわれるにちがいない。

母がアリさんで私はキリギリスさんです。あのイソップのお話知っています？　夏中どんな陽の強い日もアリさんはしこしこ働きづめでした。そのアリさんを横目に、キリギリスさんは歌ばっかり歌っていました。秋になり木の葉も散って、やがて寒い寒い冬が来ました。アリさんはたっぷりたくわえのある土の中のお家で暖かくして暮らしていました。キリギリスさんは食べるものもなく寝る家もなく、大層困っていましたので、ある日思いあまってアリさんに助けて欲しいと訪ねました。

……それからあの話どうなりました？　私ぜんぜん覚えていません。アリさんはキリギリスさんを助けたのでしたっけ？　寒い外に放り出すのでしたっけ？

普通にいえば歌ばっかり歌って働かなかったキリギリスさんは、寒さと飢えで死んで当然です。だからキリギリスさんがトントンとドアをノックしても知らん顔してい

るか、物乞いするキリギリスさんの目の前でピシャッとドアを閉めて、自分だけ暖かい部屋でおいしいご飯を楽しんでも、アリさんは非難されません。この童話はこのように終わるのが正しいと思います。そんなおしまいだったかなあ。

私のことですが、幸いなことに真冬はちょいと先です。アリさんの生き方をフンといって笑っていた真夏から、だいぶ日はたちましたが、とにかくこのままでは困ることになると気づいたのです（このことを夫にいいましたらおれの年金、おれが死んだら何割かおまえにいくはずだよ。よくわかんないけどといいました）。ま、今からだってなんとかなるでしょ。私のんきなのです。ずーっとこんなふう。

知り合いに六十歳定年退職をした人がいます。その人はゆうゆうと暮らしています。退職年齢は会社によって違うでしょうし、退職金も会社によって違うんでしょうね。当然会社勤めの人は退職後の生活を、ちゃんと計算しているんでしょう。でもこの御時世、例えば、八十歳まで生きるとして、二十年間暮らしていくに充分な退職金と年金なのでしょうかねえ？　そこのところ私には分からない。ただけっこう大変な生活の気がする。

ああ、人の心配してる場合じゃないのでした。でもさ、なるようになるよ。

年をとったら仕事がこなくなるから

ファッションイラストレーション界では、唯一純粋で優美で正統でアヴァンギャルドで辛(しん)らつで個性的な仕事をしていらっしゃった、長沢節(ながさわせつ)先生が八十二歳で突然亡くなられました。最後のファッションイラストレーターでした。

ずいぶん前、「ハイファッション」というファッション誌に、たしかパリ・コレのお仕事だったと思うのですが、先生の絵が出ました。新しいタッチでドキッとしました。すごーくよかったのです。なんていうか新鮮でクオリティが高く魅力的でした。やっぱり先生ってすごい！　と思いました。

でもその後、先生のその新しい感じの絵を目にする機会はありませんでした。お描きになっていらっしゃったのかも知れませんが、私が見る雑誌には出ていませんでした。

先生はセツモードセミナーというイラストレーターの学校をやっていらっしゃっ

て、生徒といっしょに絵を描くのを楽しんでいらっしゃると聞いていました。それに先生はニースや牛窓(うしまど)などの海の風景もお描きになっていました。銀座で展覧会をなさっていました。

私は個人的な好みとしては、ファッションイラストレーションが好きでした。新しいあの絵をもっともっと拝見したかった。

私ごとですが、私、うんと若い人の雑誌の仕事はまったくありません。そして中くらい若い人の雑誌からもそろそろこなくなるだろうと思っています。だって六十歳ですもの。

こんなことというのいけないかも知れませんが、長沢先生もある時期からそういうことになられたんじゃなかろうか？　と思うのです。年をとったと思うのは、体がいうことを聞かなくなるような肉体的老化の前に、仕事の巾が狭くなることなんだと思う、このごろなのです。描けるのに依頼がない。飛べるのに年をとったから、かごに入れられる鳥みたいに。

ファッションイラストレーションの分野はここずいぶん低迷している。というか世の中から忘れられている。ファッションは今は写真の時代ですからね。と思っていた

らごく最近は、写真は写真でも物撮（ぶつど）りが多いような気がします。これってものすごいことです。ファッション誌は情報誌だからそのものズバリでいいというわけ。それについては時代性だから私なんともいえません。

ファッションイラストレーションの需要がないのもこれ時代なのです。

だから年をとった私にファッションイラストレーションの仕事なんかくるわけがない。

この前出版社で編集の仕事をしている人と、仕事と年齢について話をしました。はっきりいって、年をとったキャリアの長い人には仕事を頼まないそうなのです。ひとつに編集者サイドのこうして欲しいという考えはいいにくいし、書き直しなんてお願いできないから。もうひとつはこれから先何年もつき合える若い人と仕事をしていくほうがメリットがあるから。

このことは年をとったキャリアの長い編集者であるその人の、社での立場にもいえることだそうなのです。若い人に仕事をゆずっていくことが大事で、長年積み重ねてきたキャリアはなんの価値もないんだそうです。仕事がつまらない、会社に出るのがおっくう、になるといいました。

そりゃそうでしょう。長年積み重ねた本作りのノウハウが、長年に渡って手に入れた人脈が、ごみみたいになったらどんなにつらいか。

実は先人もそこを通過していったのです。編集以外の仕事をしている人も同じように。そのことに私は今気がついたのです。

定年というのはそういうことなんですね。会社勤めをしていない私には、定年というのはないものと思っていましたけど、やっぱりあるのです。ファッションイラストレーション不用の時代に関係なく。

ああ、年をとるのは嫌だ。

しわの多い節のある私の手が友達のはつるりとしてピカピカしてほっそりしているのに

机の上に置いた紙に、鉛筆や筆で、書いたり描いたりする手を使う仕事をしています。右手で描いて、左手は紙がずれないように、指先にちょっと力を入れて紙の端に置いています。

ほとんど毎日そうしていますから、毎日手の甲や指が目の中に入っています。

私は机の前に座って年をとってきました。いつだったか友達に、こんなふうに年をとっていくのはつまらないことだといいましたら、なにしてても年はとるといいました。そうだなと思って以来、不満にも疑問にも思わず座り続けています。

その友達は十年以上もニューヨークに住んでいたし、ジャマイカやペルーやメキシコやカンボジアにも旅していました。たーくさん珍しいものを見、私よりはるかに足を使いました。

そうやっててもやっぱり私と同じように一年に一つ年をとりました。でも手は私よ

素手が一番！

床ふきも、

おなべをみがいて、

漂白剤の扱いも…

だから私の手は
しわしわです。
でもこれでいい。

り年をとっていないのです。私会う度にこっそりその人の手を見ているのです。しわも節もあるけれどほっそりしていて若々しいのです。

私の手はどの友達の手よりも年をとっています。ぶくぶくしていてしわが多くて節くれだっています。恥ずかしいくらい。

でも若い時は、従姉妹に手美人といわれていました。ほっそりしていてぬるっと光っていて、爪は細長くてうぬぼれ爪なんてこともいわれていたのです。いわれると気になります。そうか私の手は少なくとも従姉妹よりきれいなんだって。ちょっとうれしいことでした。

私の外形の中でいちばんきれいだったと思います。そんなことというと、うそつきと今の手を知っている人にいわれそうですが、本当です。

保護すればよかったのです。ケアすればよかったのです。せっかくどこよりもきれいだったんだから、できるだけきれいを保つ努力をすればよかったのです。

でも私は面倒なことができないのです。それにせっかく使うようにできている手を使わない手はないって。

生まれつきいい顔だちとほっそりしたスタイルで、今でもボーイフレンドとお酒を

飲んで色っぽく酔えるもう一人の友達の、つるりとしてピカピカして小さくほっそりした手、きっと私とは使い方が違うと思う。

どんなによい包丁も使い方です。乱暴に使えばさびもするし刃もこぼれます。私の手は使い方が荒かったと思うのです。それに手入れなし。かまわなかった。

机の前で年とったのにどうして？　と思われますよね。

私家事が趣味みたいなのです。朝早くに起きて台所仕事と掃除をします。夕方仕事場からもどると夕食の用意。土曜日曜は普段しきれないところの掃除をします。私台所のガス台とか流しとか、鍋ややかんとかをみがくの嫌じゃないんです。だから冬は指先にひび割れができて、鉛筆持つのも痛いことがあるぐらい。で冬はバンドエイドが欠かせません。かさかさになってひび割れができてようやっとハンドクリームをぬるのです。

そんなふうに日を重ね、その日が月になって、その月も重なって一年になり、年も重ねてしわしわ。

私の手がかなり荒れて見える年になったころ、三十歳代の若い女性と親しくなりました。彼女は造形作家でした。主に土で作品をつくっていました。彼女の手は私以上

に荒れていました。節くれだって尋常じゃありませんでした。指の関節なんか曲がったまんまでした。きびしい手。

そのころドイツ人の彫刻家の女性とも知り合いになりましたが、彼女の手も年上の私以上にごつごつしていました。

使えば節もできるししわもできます。あたりまえのことです。

二人の作家の手を見て以来、私は自分の手でもいいと思うようになりました。もうきれいな手の同年代をうらやましいと思わなくなっていました。

でもでも着物を着ると手の様子が目立ちます。この時ばっかりはなさけない。

いいおばあさんになるしかない

四十の中ごろでしたか。代官山の八幡通りの元ＮＴＴの前に車を止めて、ＮＴＴの向いにある小川軒で買い物をしました。買い物を終えて車を出そうと少し前に出て、後方から走ってくる車をうかがっていると、突然大声でおばさんどいてくれという声がしました。私の車の前のほうがＮＴＴの駐車場の出入り口にかかっていたからでした。

そのおばさんが私のことだと分かるまでに何秒かかかったと思います。反対車線からＮＴＴの白い小型の車が駐車場に入ろうとしていて、その車の中から三十代の男性が開けた窓から手を出して、どけどけと合図をしているのです。車の中には助手席に男性、後ろの席には女性が二人乗っていまして、おばさんといった男性の私に対する大げさな態度を、面白がって、笑っていました。

後方からくる車がとぎれたのでその場を退きましたが、すっごい嫌な気分で、哀し

かった。

三十代の男性におばさんと直接いわれたことがなかったし、おばさんぽくない服を着ていたつもりでしたから、おばさんには見えないと内心思っていたのです。走らせた車の中で、私はあんたなんかのおばさんじゃないわよ、お調子者が、と声に出して怒ってみましたけど、気持ちはすっきりしませんでした。

今四十ちょっとになる、以前私の仕事を手伝ってくれていた女性達が、当時彼女達は二十代で、私はまさに今の彼女達の年齢だったのですけど、私のことを陰でおばさんと呼んでいたのでした。知らぬは私ばかりなり。ある日私の前でポロリ「おばさん！」。優秀なスタッフ、私は恵まれていると感謝していたのに、彼女達は私をばかにしていたのでした（きっとばかにされるような私だったのでしょう）。

よくある話ですが傷つきました。もうスタッフはかかえないぞとまで思ったのでした。彼女達個人を悪いと思ったのではありません。二十代は年上に対してなんて傲慢なんだろうと思ったのでした。

それにしても、八十年代は若者がやたら偉ぶった時代だったように思います。猿社会は若いのが偉ぶると年長の力のあるボス猿がおさえる。そうして社会の秩序を守っ

ていく。でも日本の人間社会は、年長者におさえる力がなかったのでした。当時の五十代六十代は戦後の急激な経済発展と外国から入ってくる文化にたじろいで生きてきたのではなかったでしょうか。年長者として社会の動静をしっかり把握できていなかった。腕力と体力の強い若者が年長者の無力を感じて、猿社会に置きかえていうなら、年長ボス猿を座からおろしてしまったような現象の時代の気がします。

自ら、おじさんにはできない、分からない、ついていけない、なあんていっちゃあ、若者にばかにされつけあがられても仕方ないのです。

でも、おばさん達は違ったような気がします。男性社会機構に組み入れていただけなかった女性達はなにも変わらなかった。それに対する若猿達のバッシングが、オバタリアンを創った。昔からおばさんの中にはオバタリアンはいたのです。でもまあ経済的余裕と外来文化をエンジョイできる時代になって、ウハウハと節操がない人も多くなっていたことは否定できませんが。

それにしても時代性というのはあるのですね。私の息子はあの時の私のスタッフより十歳は年下です。彼は二十代のころ、知らない方におじさんおばさんよばわりしてばかにしたことはなかったと思います。むしろ年長者を敬っていたと思います。

あの時代はあの時代この時代はこの時代。ちょうどあの時代、NHKラジオでよいおじさんよいおばさんになるためにというテーマの番組に出演依頼がありました（前にこのことはなにかの本に書きました）。私このテーマに腹を立てたのでした。なんでよいおじさんよいおばさんとへつらわなくてはいけないのよと。よいおじさん代表はあのすてきでよい仕事と生き方をしていらっしゃる宇崎竜童さんでして、宇崎さんは私のように怒ったりなさいませんでした。私は嫌なおばさんだったのです。

ちょっと前、NHKラジオに出ました。五十年代六十年代前半の、ヒットポップスを訳詞なさった、漣健児（さざなみけんじ）さんと御一緒ということでした。私と同じぐらいの年齢の女性ディレクターの、ゆったりとしたものいいとやわらかいものごしに気をよくしてお受けしたのでしたが、スタジオ入りして、司会のはかま満雄さんのお顔を見たとたんあっと思いました。あの私がいちゃもんつけたよいおじさんおばさんの番組だったのでしたから。スタッフは全員変わっていましたが、はかまさんが覚えておいでではないとしても、恥ずかしさに身の置きどころのない気持ちでした。ああ、おばさん時代はほんと反省することばかり。

今はただただよいおばあさんになる努力をせねばと思うのです。

6　だったら、やっぱり

おばあさん、は私の母の母。私を育ててくれた人

私が祖母をおばあさんと呼んだのは、あたりまえだけどしゃべれるようになって間もなくのことで、祖母は五十歳ぐらいだったと思う。母の兄の娘のいちばん上のが私より七歳年上でしたから、祖母は四十三歳ですでにおばあさんと呼ばれていたんだと思う。でも当時はそれぐらいの年齢になるとたいがい息子や娘に子供ができたようで、私の祖母もごく普通が幸せの尺度の時代の人でしたから、おばあさんと呼ばれるのに抵抗なんかなかったと思う。

家の中におじいさんとおばあさんがいる。おじいさんおばあさんが家族を支えていた時代でした。当然財産と財布をにぎっており、また年長者は偉いという考えは一般的でしたから、家の中で敬われていました。

いつごろでしょうねぇ、ジジババヌキなんてことをいうようになったのは。

私が大学を卒業したのは東京オリンピックが開催された年でした。そして日本は高

度成長期（一九五〇年から七〇年）のまっただなか。お金がなによりも大事とされ、バリバリ元気に働ける世代が財布のひもをにぎるようになって、おじいさんおばあさんの立場に変化が起きたのではないでしょうか。

今の若者に、昔はおじいさんおばあさんが家の中でいちばん偉かったといっても、きっと冗談いっているととられます。それぐらいおじいさんおばあさんの立場は変わりましたね。

私のような世代でさえ今はおじいさんおばあさんが偉かった時代を思い出しもしません。おじいさんおばあさんをジジババヌキといって、核家族化した。おじいさんおばあさんを追い出したのは、私の世代ぐらいからだったのかな。その私の世代も今子供が成長し、自分達がジジババになりつつあるのです。ちょっとちょっと、私はババにはならないわよ、といくら頑張ってみても、年齢がくればババになる。

私より下の世代が子供を生んだころ、おばあさんになったその親が、とんでもない、おばあさんなんて呼ばれたくないと抵抗した人もいました。それで大ママ（大きいママ）とか、名前を呼ばせていました。それをそばで見ていて、どう呼ばせてもおばあさんはおばあさんなのにねぇと私の世代は思う人も多い。

ついこの前、女の子供を持つ四十代の知人が、おばあさんになりました。十代のその娘さんがかわいい女の赤ちゃんを生みましたから。

私の祖母が四十代でおばあさんになったのをとても自然に思っていたのは、祖母が化粧なしで地味な装いだったからでしょうか。今の四十代はまだまだ色気盛り。実際知人が実質おばあさんになると知った時はショックでした。おめでとうといえなくて、えーっ本当！　と大声をあげてしまいました。

それはまだ子供のように思っていた娘さんの妊娠に対しての驚きではなく、すてきな知人がおばあさんになるばかりがショックだったのでした。あの時私は一度も娘さんにお祝いの言葉をかけなかったと思います。若いのにおばあさんになる知人を気の毒に思ってばかりだったのでした。

おばあさん、ジジババヌキとばかにしてきたそのジジババの立場になった知人を目の前にして、そうか私も（私は知人より年上）おばあさんになってもおかしくない年なんだと思いました。でも実際は人ごと。息子が子供をつくらない限り、私はおばあさんにならないんだもの。

ある日お茶の稽古(けいこ)の帰り、着物を着てお菓子屋に入りました。そこにようやっとマ

今の40代はまだまだ若いのです。

友人は着物着て
電車に乗ったら
高校生に
「どうぞ」って
席をゆずられて、
自分のこととは
思わなかったって。

昔の40代は地味な色の着物着て、
地味に暮らしている人が多かったみたい。

私のオバーサンは、
50代でたーくさんの
孫がいました。

マぐらいはいえるようになった幼児が、ベビーカーに乗せてもらって、お母さんと入ってきました。ニコニコ笑って私を見上げるから、まあいい子ねえ、かわいいねえといいました。そしたら一層笑顔になって、バーバといったのです。

私キョトン。その子のお母さんは、あわてて違うでしょ、バーバじゃないでしょ、おばさんでしょ、といいました。たぶんその時私はムッとした顔になっていたと思います。お母さんは、すみません、といいましたもの。目をあげてお母さんを見ると、二十代後半。そうか、この人のお母さんは私より若いかも知れないんだと思いました。

頼んだお菓子の包みを受け取って、私はそそくさと店を出たのでした。止めておいた車にもどって、シートベルトをしめながら、ああ着物着ていたからおばあさんに見えたんだ、きっと洋服だったらバーバなんていわれなかったんだ、と思い直しました。

夫にこのことを話しましたら、着物のせいじゃなくて、おばあさんの年だからさといいましたけど。

おばあさんと呼ばれるのは、私の祖母も最初は抵抗があったかも知れないと今思いました。

同窓会に出てごらんなさい。どの顔も年とっている。自分と同じよ

私、中学と高校は三重県の四日市でした。もうかれこれ三十年ぐらい前になるけれど、高校の初めての同窓会が四日市であり、東京に住んでいる友達と誘いあって行ってみたのでした。

何故でしょうねぇ、とても緊張しました。一人ではきっと行けませんでしたね。高校を卒業してからの年月を、私は私なりに真面目に重ねてきたと思っていましたけど、同級生達と気持ちよく話が交わせる自分である自信はありませんでした。

大学卒業と同時に週刊誌の表紙の絵を描く仕事をもらえ、一応イラストレーターとしてご飯を食べてきましたけど、人から見たら趣味の延長に見えなくもないお絵描き仕事ですから、みんなと違う価値観が身についていて、だからそういう場に合う自分ではないのじゃないかと思っていたので、自信がない。きっと普通の主婦に収まっていたら堂々と出席できた気がします。

でもその時はまだ若かったから、みーんな若かったから、わいわいさわいで、元気でね、またいつかねと別れをして、あまり印象深いこともなかったけど嫌なこともなく、同窓会ってこんなことなんだと思って帰ってきたのでした。

それから年月が流れて、東京近辺に住んでいる人達での同窓会がありました。四十歳は超えていたころと思います。四十歳を超えた顔さげて高校の同窓生に会うというのは、かなり勇気がいるものです。それぞれの年月をそれぞれ、まったく別なうめ方をしてきているわけで、それをとびこえ、高校時代の顔ぶれとして会うんですから。

着るものを慎重に選んだつもりだったけど、なにしろ私の職業ですから地味で、その上性格も地味ときていますので、他の人の華やかさに圧倒されているうちに散会になりました。二次会なるものに誘われもせず。その時はなあんだ同窓会ってこんなさっぱりしたものなのかと思ったのでした。

数年して今度は東京近辺に住む中学の同窓生の会がありました。

私の世代の中学時代というのは、特に公立校の場合は、親の生活がいろいろで、だから高校に進学できなかった人もいました。中学三年の三学期は、就職組は学校に行かず就職先で働くことになっていたそうです。進学組の同級生達がまだ三学期をやっ

同窓会！
私は大嫌いです。

ているのに、自分は学校と縁が切れていることがどんなに寂しかったかと、おやじ顔が、東京の有名私立大学にすすんだ髪が薄くなったおやじに、うったえていました。だから自分の息子を大学院までかよわせてる。どうだ、うちの息子は大学院生なんだぞって。おやじ顔は鼻の穴をふくらませていっていたけれど、髪の薄いおやじはどうあいづちうっていいのか困っていましたっけ。

当時の中学生の顔は子供顔でした。男の子にはまだひげもないか、あっても産毛がちょいと濃いぐらい。女の子は男の子よりませていますが、それでもぽっちゃりふくらんでいました。青年時代や娘盛りの顔を知らず、おやじとおばさん顔になったのに会うのですからお互い面喰らいます。それで子供顔が思い出せない人もいるのです。だれだったか分からないのです。子供顔さえ思い出せたら、あのころのこといろいろ話せるのに、思い出せないと声もかけられないのです。だから私は身の置きどころのない思いをしました。また昔をよく知っていて顔つきがあまり変わっていない人もいたけれど、話しかけるきっかけを見つけられなくて、困ってしまった。

とりあえず、しゃしゃり出てお元気ねとかどうしていらっしゃるのとか声かければいいものを。普段もできないことは、急にはできないのです。あの人の胸に光ってい

る大粒のネックレスが昔も今も私はあなたとは違うのと私を拒否しているとか、思ったりもしたし。私は頑張って黒のぴかぴかのベルベットのコートジャケットを着て行ったのですが、部屋の中でもコートを着ていると思われて、クロークがあちらにあるわよといわれたりして、もうほとんどそこに居場所がなかったのでした。私ぐらい中学、高校の同窓生に対して、自信のない人もいないんじゃないかと思うのです。

ようやく会がお開きになって、じゃあと早々に帰り支度。どの人ともなつかしさを分かち合えず、だから名残り惜しいなんてちょっとも思わず。これは自分のせい、普通の中年とは違う生活をしているせいと、思い上がった思い抱えて、まだ会場に残っている人影を振り返ってみれば、大粒のネックレスの上に、たっぷりした毛皮のコートをはおろうとしている人が目に入って、そうだ年をとってからの同窓会では、きれいもいいけど若く見えるもいいけど、お金持ちがいちばん格好いいと思ったのでした。

同窓会に出てごらんなさい。四十五歳以上になって同窓会に出てごらんなさい。どの顔も面影がないほど年くった顔しているの。派手な化粧に年齢が透かし彫りのような人もいるし。きれいに年をとるのはなかなかむつかしいことを知るのです。だったらやっぱり……と思う。

更年期障害で、閉経で、不安で不快でくやしいこと

更年期障害については、ずいぶん前に十歳年上の女性から体験を聞きました。その人は四十代でした。ずーと眠くて、どれだけでも寝られること。陰部に掻痒感(そうようかん)があり、それがひどくて困ることなど。それを聞いても、当時の私には更年期障害が、いずれ自分に起きることとは思いませんでした。

やがて私が四十代になると、暑い部屋にいるわけじゃないのに、汗をたらたら流している同年代の人を目の当たりにするのです。その人息せき切って走ってきたわけではないし、熱い飲み物を飲んでいた様子もないし、特別厚着をしてもいなかったのに、汗がたらたら止まらないのでした。もちろんハンカチで拭(ぬぐ)うのですがおっつかない。不思議に思いました。

五十代になって、三つ年下の友達が、日に何度も大量の発汗の更年期障害に悩まされているというのでした。初めて更年期障害が人ごとじゃないと思ったのです。私の

更年期障害ってそれぞれらしい。

体のことはしかたがないので
気持だけはつとめて明るく。

あのね、男の人だって体の変り目を
更年期というんです。もちろん
体調をくずすらしい。
女だけと思わないで。

外に出て仕事をバリバリしている人は
うまくその時期を
通りぬけることが出来ると
聞いたことがある。

もっと夫と話す
機会を持つといい。
これからの人生は
二人なんですから。

体にもきっと近々起きることと覚悟しました。

ところが知人や友達のような症状は起きなかったのでした。

息子が家を出ていきましたから、私は夫と使っていた寝室から息子の部屋に移りました。子供部屋でしたから狭かったのでしたが、息子の使っていたシングルのベッドに一人で寝るのは、夫と寝ていたダブルのベッドの寝心地よりずーと快適でした。

でもそのころ、ゆっくりぐっすり寝たのに、朝ベッドの上で上体を起こすと、頭の中がぐらぐらゆれることがありました。目もまわるのでした。そのまましばらく目をつぶってじっとして、治まるのを待ちました。不安でした。

食卓の前に座っている時も、体がゆらゆらゆれることがありました。家族に地震じゃない？　といいますと、そうじゃないといいます。あまりに度々ゆれるので、家族に確かめるのは遠慮して、ブラインドの開閉のひもを見て、ゆれは私の体内のなんらかの症状と確認するのでした。このことも不安でしたが、すぐ治るので、医者にも行かず、だれにも相談せずでした。やがて気がついたら治っていました。もしかしたら、あれが更年期障害だったのかも知れないと、自己診断をしています。

私は自分に更年期障害の症状が起きるのは嫌でした。不快で恥ずかしいことと思っ

ていましたから。許さないとも思っていたので、ぐらぐらやゆらゆらを、その症状と結びつけなかったのかも知れません。

症状は人によって違うそうで、重い人は鬱(うつ)状態になったり、暴力的になったりすると聞きます。更年期の症状に悩んでいる人はとても多いから、それ専門の診療所もあるんだそうです。友人知人がそういう所に行っている話も聞きます。

しみじみ女性の体は複雑にできていると思います。それは、初潮が始まった時の不安感、月経時の不快感と精神不安定感。私は妊娠した時、大きい自分のお腹が恐かったのでした。お腹の中で生命が育っているということを、恐ろしいと思いました。そして更年期、月経が始まった時のように、月に一回のものが不定期になり、それはやがて閉経に進行していることと分かるから、焦燥感(しょうそうかん)と恥辱感(ちじょくかん)にさいなまれる。

月経が終わるということは、女性ではなくなること。だって女性の体の機能のピリオドだもの。つまり役立たずになることでしょ。といっても実際は五十歳で子供を生んでも育ててあげるのはかなりきついことです。だから女性の機能に終わりがあるのは正しいのです。よく分かっているのに現実になると疎外感を感じてしまうのです。

そこでつい同じように年をとった男性はどうなのかを知りたくなります。男性は六

十歳でも、生むにふさわしい年齢の女性が相手なら、可能なんだそうですって。なんだ男性は老人になっても男性なのかとちょっと妬ましくなりますが、よーく考えるとうらやましくはありません。男性の機能は終わらないとしても、肉体は六十歳は六十歳、七十歳は七十歳ですもの。だとすると、むしろ痛ましい。

五十歳を過ぎたころ、友達たちから電話で、月経が終わりそうだとか、終わったと思っていたらまた始まってしまったとか話があるのでした。その友達たちはまわりにいる同じ年代の女性ともその話をしていたんだと思う。Aさんはどうだとか Bさんはこうだとか、同じ年代の他の人の状態も話してましたから。みんなは不安なのだと思いました。でも私は自分から女の友達にその手の話題をしむけたことはありませんでした。自分のことは話したくなかったのです。そして私はこのような私自身の体の変化を夫にも話しませんでしたし、気づかれるのも嫌でした。

四十代五十代の体の変化に私は一人でどんなに神経をつかっていたことか、そしてそれは何故だったのか。それは私の内面にひそんでいる、私をある意味ささえていた、ささやかなプライドのような気がいたします。まだ五十代なのにという気持ちが強かったのかも知れません。

不潔に見えないおばあさんになるために

私自分でいうのは変だとよく知っているつもりですが、そのわりにはあちこちでしゃべっているのですけれど、家事と仕事を両立させていますの。

若いころは母に手伝ってもらって、いい気で楽していましたけど、子供が小学校にあがってすぐに、代官山に借りた仕事場に生活を移して、なんとか両立させようと努力しました。

最初は簡単にできると思っていたのです。というのは夫も子供も昼間は仕事や学校に行ってしまうので、その間は仕事に専念できると考えたからです。

でも考えていたようにはいきません。どれも力の配分で収まる仕事ではなかったからです。体も気持ちも疲れ果て、あとから分かったことでしたが、夫も子供も疲れていたのでした。それで三年して母の住む前の家にもどったのでした。一生懸命って難しいのです。はたも疲れるのです。

そのころ、三十五歳は過ぎていましたけど、顔中しみだらけ。疲労のせいだったと思う。少しだけまた母に手伝ってもらって、気持ちが軽くなって、ついいい気になって仕事を広げてしまいます。

商品をつくる仕事に手を出してしまったのでした。これを始めたら子供に目が行き届かなくなり、そのうち仕事にも行き詰まって、やめました。

その時は四十五歳ぐらいになっていましたねぇ。肌はかさかさ。髪はふけだらけ。ものすごーく不潔っぽかった。

友達に紹介してもらったエステのフェイシャルに通うことにしました。

あれ気持ちよいのです。約一時間半かけてお肌のお手入れ。マッサージ、パック。柔らかい手の指で顔をなでてもらっていると、あまりに気持ちよくて、私いびきをかいて寝てしまうのです。

このころ家を建て直して、母と台所を別にしていましたから、家事全般のことをやっていました。ただ十年前と違って、うまくやれるようになっていました。というのは仕事場は外にありましたから。仕事場では仕事のことしか考えないことにしたので、疲れ方が違いました。家のことは家にいる時に心配する。心配しても仕方がない距離

にいる時はなにもできないのですから。

私のいちばんの心配が子供のことでした。改築した家には私の仕事部屋をつくりました。いざという時に仕事は家でもできるようにと考えたのでした。

力をぬくことができるようになったのですが、暇はありませんでした。起きている時は働きづめ。時間の余裕はありませんでしたから。だからエステだけは唯一のぜいたく。うとうとしながらいいのかなあこんなぜいたくしてと思ったりもしました。

エステを受けようと思ったのは、あんまりにも肌が汚かったからでしたが、実はこのままじゃ不潔っぽいおばあさんになってしまう心配があったからでした。

若い時は不潔についてあまり考えたことがありませんでしたが、年を重ねるごとに、不潔は嫌だと思うようになります。四十五歳のころの肌や髪のトラブルはストレスによると思うけれど、それがいかに不潔に見えるかに気づいたのでした。

エステのフェイシャルを受けてすぐに肌がきれいになるわけではないことを知っていました。いえきれいにはならない。もともとがもともとだから。かさかさがなくなり色つやが出て健康的に見えるようになるといいなあ。そしたら不潔には見えないから。

四十五歳は不潔に見えないおばあさんをめざす最終ラインだったかもと思います。

あれからずーと続けてきてどうだったかというと、まあやらなかった私の例がないので比較はできませんが、効果はあったと思います。

でもはっきりいってちゃんと年相応の顔だと思います。五十九歳は五十九歳の顔、きっと六十五歳は六十五歳の顔になる、それでいい。それってあたりまえのことでしょ。不潔に見えなければそれで私は充分いい。

どうしてそんなに不潔にこだわるのかというと、くどいけど不潔は嫌だから。

四十五歳の時どんなおばあさんになりたいか、そのこと、不潔に見えないが、唯一具体的な私のおばあさん像でした。

四十歳からの二十年は働き盛りだった。六十歳からはどうなるんだろう

その年齢になってみなければその年齢のことは分からないんだと思います。

考えてみたら十代の時も二十代の時も三十代の時も、それぞれとまどいながらやってきましたが、六十歳をくぐる一歩手前の今（二〇〇〇年某月某日）はとまどいがチリチリと深いのです。六十歳からは老人なんですものねえ。

こんなことばっかりこのところ考えていたので、老人とはなんぞやと、身辺に散らばっている関連のものが、気になって仕方がありません。ついこの前は新聞にはさみこみのちらしの中に、「定年時代」という小新聞を見つけました。ケアつきのマンションの広告等が多く、このことについては母が動けなくなった時のこともあるので、見比べたりしてページをくっていたのですが、突然「短時間で焼ける窯（かま）」の見出しの活字が目に入り、オオ！ 死体を焼く窯まで広告しているのか！ と驚いて窯の写真をよくよく見れば、陶器を焼く窯のようで、もう一度読み直して、そりゃそうよねえ、

死体を焼く窯の広告であるはずがないと一人苦笑してしまったのでした。頭の中は介護が必要になった時のことばかりだったので、そのもうすこし先のこと、人の死と窯の文字が結びついてしまったのでした。

実際私には七十歳の傷み、八十歳の気持ちは分かりません。今私は六十歳のしんどさ、老人というエリアに足を踏み入れるせつなさで胸が一杯。

母が遊びに行っている区立の老人施設には、六十歳から入会できるそうです。六十歳は正しい老人ですから。本当です。先日母の用でその施設に行きました。まさに定年したてという感じの男性も、腰の曲がった老人達にまざって、おしゃべりしていたんです。体がしゃんとしていて、立派に見える男性でしたから、そんな所（というと失礼ですね。だってまだまだ働ける体つきなんですもの）で時間潰ししていていいのかなあ、もったいないなあと思ったのでした。

でもはっきりいって定年になったら行く所はありませんのね。定年後も働ける場所があればいいのですが、この不況の時代、老人の働き場を見つけるのはむつかしいようなのです。家の中でごろごろしていてもつまりません。きっと一生懸命会社に尽くしてきた世代でしょう。家族さえ犠牲にして働いてきたら、趣味など持つ暇さえなか

ったんじゃないでしょうか。気兼ねなく人とおしゃべりできる場所が老人施設だった。

あの窯、陶器を焼く窯、定年時代新聞の広告は、趣味で生き甲斐を見つけるのはどうかの誘いなのでした。趣味、そういえばカルチャースクールという趣味を深める講座が普及したのはずいぶん前のことになります。当時私はバリバリ働いていました。恐いものなんてなんにもありませんでした。お金がなくても、仕事さえあれば大丈夫と強気でした。でも普通の主婦をしていた友達の一人は、育児も一段落して、時間もあるようになって、カルチャースクールに通い出したのだそうです。彼女いわく「習うでしょ、つくるでしょ、時間があるからいっぱいつくるの。で、そのつくったもの、どうにもしょうがないの。趣味だもの、あなたのように仕事には結びつかない。むなしいの。なに習ってもいきつくところは同じなの」。

その彼女の話を聞いて私は、そんなことこぼしに私に会いにこないでよって、心の中で思っていたのでした。暇潰しに仕事で忙しい私の時間を潰さないでよって。実は彼女もはんべそかいていたけど、私もはんべそかいていたのでした。

その彼女の趣味のカルチャースクールの話を、今急に思い出したのです。彼女のようにむなしくなるか生き甲斐になるかは、人それぞれと思う。

例えば陶芸を習う。たかが茶碗、鉢、皿だけどそうそううまくできない。そこそこは形になるけれど、思うようにはつくれない。それで飯を喰っている人がいるんだもの、しろうとが簡単によいものをつくれるはずはないじゃありませんか。簡単にはすぐれたものができない、だから続けている、それが面白いと思う人もいると思う。

そんなことにエネルギー使うより、老人達とお菓子持ちよりでだべって楽しく一日過ごすのがいいと思う人もいる。

カルチャースクールに行かなくなった彼女の話を聞いたのは、私が四十代のころのことでした。そのころ、私は六十歳までを頑張ると決めていました。実は私四十歳になった時えらく年をとったと思ったのでした。三十九歳と四十歳て、一年しか違わないのに、四十歳の誕生日をむかえたとたん落ち込んで、しばらくふさぎこんでいました。二十歳からの二十年はいろんなことがありましたし、やりました。じゃ六十歳までの二十年間も充実させることができるだろうと思い、元気をとりもどしたのでした。

ハハハ、四十歳からの二十年間は、またたく間でしたよ。二十歳からの二十年間とは濃さが違いましたねえ。ちょっと薄かった。でも、それなりによいこともありました。六十歳からの二十年間？　二十年間はないかもしれませんね。どうしようかしら。

趣味を持つのはどうかしら?。

陶芸もつくる喜びで
気持が明るくなる。

踊りは足腰が元気になる。

三味線なんかもいいなあ。

日常と違う場にいるだけで
気持がきちんとなります。

ハイキングは足腰と
気持が元気になる。

あとがき

仕事熱心ではあるのですが、のろいのです。私のことです。それで、新しい仕事はよく考えさせていただくことにしています。それなのにPHP研究所出版部の中村康教さんから、仕事の相談で訪ねたいと電話があった時、PHPでは今まで本を出していただいたことがなかったのに、どうぞといってしまったのです。話をしても必ずしも受けなくてもいいのだからと、軽く会う約束をしてしまったのは、私の気のゆるみのせいだったのか、中村さんが話し上手だったからか。で、その日から会う日まで実はゆううつな毎日でした。実は会えば断れない質(たち)なのです。会って断れたためしがないのです。ああ困った。

中村さんがどういう人なのか初めて会うのですから分かりません。断れそうな人なのかどうか。困ってしまった。

お会いしてみたら、中村さんは入社して研修を終えて、配属されたばっかりの、ばりばりの新人さんだったのでした。それがまた問題でした。中村さんの仕事始めの一

本が私なのだったら断れないじゃないですか。それで受けてしまったのでした。

ところで私が書いてもいいかなと思っていたテーマは、初老の私自身のことでした。二十代始めの仕事始めの編集者には、夢のないテーマです。それなら書いてもいいという私、断りたかったのは中村さんのほうだったでしょうね。

書くと約束をしましたが、ほんとに仕事が遅いのです私。催促の電話を何度もいただきましたが、進んでいなかったのです。月日ばかりたっていきました。

突然中村さんから、雑誌のほうに転属になったと連絡がありました。ショックでした。私のせいかしらと思いましたら、僕は雑誌のほうが向いているように思いますので、頑張りますって。あーあ。約束を果たさず、申し訳ないことをしてしまったのでした。

あとを中村さんの上司の阿達さんが引き継いでくださいました。だからといってどんどん進むわけではありません。たまたま他の出版物に連載していたものが同じテーマでしたので、それも入れることにして、ようやっとこのように本にしていただけるようになったのでした。

私が五十代から六十代になるそのことがこの本となってしまいました。だって五年

近くかかってしまいましたから。

中村さんにも、阿達さんにも、ＰＨＰ研究所にも遅くなってご迷惑かけましたけど、結果的にはこのテーマは六十代で出していただいてよかったと思います。五十代では初老のことは想像でしか分からなかったのです。六十歳は五十代の続きではなく、新しい始まりであることに六十歳になって気づきました。この本は新しい私の確認になったように思います。中村さんに阿達さんにそれを作ってもらったみたい。ありがとうございました。

読んでくださった方々、ありがとうございました。

デザインの野村さんにもお礼申し上げます。

本書の1～4章は、月刊誌『お元気ですか』（法研発行）二〇〇一年四月号～二〇〇三年三月号に連載された「大橋歩の絵雑記」を加筆、修正したものであり、5、6章は、本書のための書き下ろしです。

〈著者紹介〉
大橋　歩（おおはし　あゆみ）

1940年、三重県生まれ。イラストレーター。多摩美術大学油絵科卒業。「平凡パンチ」創刊号の表紙イラストでデビュー。その後、各種雑誌、広告などで幅広く活躍。エッセイストとしてもファンが多く、衣食住全般にわたる本を数多く執筆している。

主な著書に、『テーブルの上のしあわせ』(集英社)、『大橋歩の生活術』(マガジンハウス)、『おしゃれ生活』(小学館)、『まじめな生活』『大好き だるまー』(以上、大和書房)などがある。

ホームページは、http://www.iog.co.jp/

今日のわたし

2003年5月7日　第1版第1刷発行

著　者 ――――― 大　橋　　歩
発行者 ――――― 江　口　克　彦
発行所 ――――― ＰＨＰ研究所
東京本部　〒102-8331　千代田区三番町3-10
文芸出版部　☎03-3239-6256
普及一部　☎03-3239-6233
京都本部　〒601-8411　京都市南区西九条北ノ内町11
PHP INTERFACE　http://www.php.co.jp/

印刷所
製本所 ――――― 大日本印刷株式会社

ISBN4-569-62768-4